Vielen Dank an
Prof. Nanne Meyer
Ilse, Kalonski und das Kollaborat
Schützenclub Berlin Mitte e.V.
Stand 1 Großkaliberschützenclub e.V.
Schützenclub Diana e.V.
Hr. Hebert / Rüstkammer BE

Большой сбасибо an
Natalie und Dimitri für
die russische Übersetzung

www.ulrichscheel.de

Die Pistole in dieser Geschichte
ist ein britischer Webley & Scott Mk IV.
Gegen Ende des 2. Weltkriegs gelangten
diese Revolver als Kriegsbeute in
deutsche Hände, wo manche bis heute
ein geheimes Dasein in häuslichen
Verstecken führen.

Die sechs Schüsse von Philadelphia erscheint als Band 5 der Kollektion Levitation.
Text und Zeichnungen: Ulrich Scheel
ISBN: 978-3-939080-31-2

© Ulrich Scheel 2007
© für die deutsche Ausgabe: avant-verlag 2008

avant-verlag | Rodenbergstr. 9 | 10439 Berlin
info@avant-verlag.de | www.avant-verlag.de

Ulrich Scheel

Die sechs Schüsse von Philadelphia

avant-verlag

PROLOG

MEIN NAME IST UWE SCHMELZKE. KEIN BESONDERS SCHÖNER NAME, ICH WEISS. ABER WARTEN SIE AB, BIS ICH IHNEN DEN NAMEN UNSERES DORFES VERRATE. — DA BIN ICH NOCH GUT WEGGEKOMMEN! ICH BIN 15 JAHRE ALT.

DAS IST MEIN KLEINER BRUDER ALEX. ER IST MANCHMAL GANZ SCHÖN FRECH. ABER DANN MACHT ER SICH INS HEMD, WENN ER EIN KALB FANGEN SOLL.

DER DICKE GROLF. EIGENTLICH HEISST ER ROLF GERLACH, ABER IRGENDJEMAND HAT SICH MAL VERSPROCHEN UND SEITDEM HEISST ER EBEN GROLF. ER, MEIN BRUDER UND ICH SIND ZUSAMMEN EINE CLIQUE.

Das ist Sabine. Sie ist ausser unseren Muttis, Omis und ein paar weiblichen Tieren das einzige Mädchen im Dorf. Was an ihr sofort auffällt, sind ihre grossen Segelohren. Ausserdem ist sie, glaube ich, total in mich verknallt.

Tobias, der Dorftrottel. Er ist so dermassen zurückgeblieben, dass er es nicht mal alleine zum Konsum schafft. Lustigerweise hat er die gleichen Segelohren wie Sabine, weshalb er wohl auch ein Auge auf sie geworfen hat.

Ein blödes Pferd und einige russische Soldaten, deren Namen wir nicht wissen, die uns aber eine Menge Ärger einbringen sollen.

DIE FOLGENDE GESCHICHTE SPIELT IN UNSEREM DORF PHILADELPHIA. KOMISCHER NAME, NICHT WAHR? OPA HAT MAL ERZÄHLT, DASS DIESER NAME VON UNSEREN VORFAHREN STAMMT. DIE WOLLTEN EIGENTLICH NACH AMERIKA AUSWANDERN, ABER DANN HATTEN SIE IRGENDWIE KEINE LUST MEHR, SIE SIND EINFACH HIERGEBLIEBEN, HABEN MITTEN IN DER PAMPA EINEN NEUEN ORT GEGRÜNDET UND IHN NACH DER STADT IHRER GROSSEN TRÄUME BENANNT: PHILADELPHIA! MEIN VATER SAGT IMMER, DAS GANZE WAR EINE FRÜHE FORM VON VEREITERTER REPUBLIKFLUCHT.

WIR SCHREIBEN DAS JAHR 1980. OBWOHL PHILADELPHIA NICHT GERADE DAS „SCHÖNSTE DORF DER DDR" IST, GIBT ES AUCH HIER GROSSE SOMMERFERIEN! UND DIE VERBRINGEN WIR IMMER ZUSAMMEN, ALSO ICH UND MEINE CLIQUE....

Philadelphia
Bezirk Oder-Spree

Ich fand's echt fies, dass die Brennecke noch eine Woche vor den Ferien 'ne Leistungskontrolle schreibt...

Ach, soll sie doch! Physik kann ich. Viel schlimmer ist, dass wir nach den Ferien wieder das M.S.F. ausformulieren dürfen...

Das was?

M.S.F. – Mein schönstes Ferienerlebnis!

„Das M.S.F.! Das kann Sabine total gut. Die is super in Deutsch!"

„Hä? Wie kommst du denn jetzt auf Sabine?"

„Ich weiß nicht, ich hab den Hund hier gesehen und da musste ich irgendwie an sie denken…"

„Sag mal, Kleiner, findest du Sabine sexy?"

„Hehe, das musst du mal besser meinen Bruder fragen!"

„So'n Quatsch! Lasst mich doch in Ruhe!"

Ey, Grolf! Da ist dein Alter!
Ooch, nee, was will der denn schon wieder?
Na, Jungs, nüscht zu tun? Die Stallmauer is fast um! Ihr Könnt mir mal 'n bisschen beim Abkloppen helfen!
Jaja, wir kommen gleich...

Los, weg hier! Das ist ja nicht zum Aushalten!

„Rolf, du musst deinem Alten mal verklickern, dass wir nicht seine kostenlosen Ferienarbeiter sind!"

„Ey, ich hab's ihm echt schon tausend Mal gesagt, aber irgendwie.... ich weiß ja auch nicht... manchmal denke ich, er braucht einfach nur ein bisschen Gesellschaft..."

„Dann soll er sich 'n Radio kaufen!"

ANSCHEINEND KONNTE MAN SELBST IN EINEM NEST WIE PHILADELPHIA NICHT SEINE WOHLVERDIENTE RUHE HABEN.

WIR TRATEN DEN RÜCKZUG AN UND VERZOGEN UNS IN EIN GEHEIMVERSTECK: EINEN ALTEN GETREIDESILO, DER IRGENDWANN MAL UMGESTÜRZT WAR UND NUN WEIT HINTER DEM DORF, UMWUCHERT VON APFELBÄUMEN, VOR SICH HIN ROSTETE.

HIER HATTEN WIR ENDLICH UNSERE RUHE! AUFDRINGLICHE SPIONE, WIE ZUM BEISPIEL SABINE MIT IHREN GROSSEN LÖFFELOHREN, ENTSORGTEN WIR FACHMÄNNISCH IN EINEM NAHEN FISCHBECKEN...

....UND WIR KONNTEN NUN BEKANNTSCHAFTEN DER ETWAS INTERESSANTEREN ART MACHEN. DIE RUSSISCHEN SOLDATEN, DIE ALLE PAAR TAGE ÜBER DIE LANDSTRASSE ZUM TRUPPEN-ÜBUNGSPLATZ MARSCHIERTEN, FREUTEN SICH JEDESMAL ÜBER UNSERE ESKORTE - NAJA, ABGESEHEN VON DEM BLÖDEN KOMMANDANTEN, DER STETS SCHLECHTGELAUNT WAR UND UNS EINEN PLATZ-VERWEIS ERTEILTE.

Валите отсюда!*

*Verschwindet hier!

"Lass uns zu Tobias gehen und ihn mit Kuhscheiße einschmieren!"

"Bist du verrückt? Der wäscht sich doch nie! Er wird uns ewig vollstinken..."

ZZZ ZZZ

IRGENDWANN HATTEN SICH DIE RUSSISCHEN SOLDATEN ANSCHEINEND ALLE SELBST TOTGESCHOSSEN. SABINE ERTRUG IHR FISCHBAD MIT LIEBEVOLLER FASSUNG UND WIR WAREN, EHRLICH GESAGT, NACH ZWEI WOCHEN AM ENDE MIT UNSEREM KULTURPROGRAMM.

Alex hatte die grandiose Idee, dass wir Bonbons klauen gehen sollten. Den Grolf, der bereits seiner Langeweile erlegen war, liessen wir zurück. Unser Ziel war das Haus von Oma. Da alles offenstand, hatte sie bestimmt nichts dagegen, wenn wir uns bei ihr nach ein paar West-Süssigkeiten umsahen.

Verdammt – zieh die Schuhe aus!

"Ergeben Sie sich, Herr Kommandant, Sie sind umzingelt!"

IN DEM MOMENT, ALS MEIN KLEINER TRÜFFELSCHWEIN-BRUDER TATSÄCHLICH EINE TÜTE ZUCKERSTANGEN ENTDECKTE, FIEL MIR PLÖTZLICH DER DOPPELTE BODEN EINER SCHUBLADE IN DIE HAND.

"Ach, du kacke..."

Was ist das? Wo hast du das her?
Ist da was zum Fressen drin?
Ich weiß nicht... Es war unter der Schublade!

Große Güte!
Scheiße!

Is die echt?

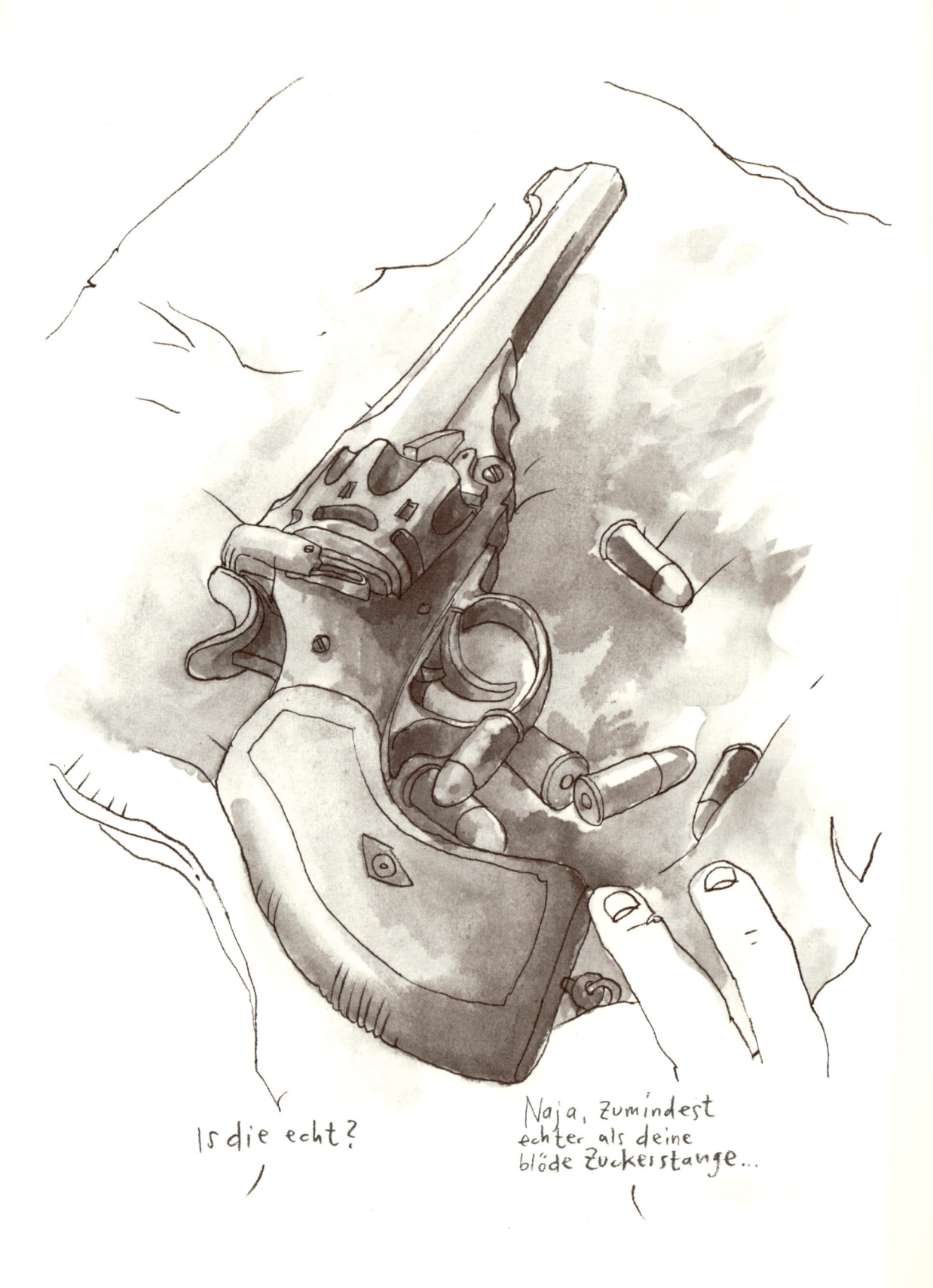

Naja, zumindest echter als deine blöde Zuckerstange...

Zeig mal her!
Ich will auch mal!
Verdammt - Oma kommt zurück!
Los, alle Türen und Schränke zu! Wir hauen ab!

DER ERSTE SCHUSS

Was kann die? Schießt die laut? kommt da was raus? Ist das verboten?
Ich weiß es nicht ...

— Das gibt's nicht, der Jack pennt immer noch!
— Na, den werden wir mal schön überraschen!

— Hier, Dicker, wir haben dir was zu Essen mitgebracht!
— Ummpf! Was ist das? 'Ne Schweinehälfte?
— Nee, viel besser!

"Mmmh, lecker. Jetzt bin ich aber gespannt..."

"Oder willste doch lieber 'ne Zuckerstange?"

"Guten Appetit! Eisen ist wichtig für den Körper!"

Wo habt ihr die her?

Die war bei unserer Oma im Schrank.

Bei eurer Oma? Na, jetzt weiß ich auch, wie sich eure Eltern kennengelernt haben...

Quatsch, die muss von Opa sein!

Von Opa? Aus'm Kriech?

Mann, Alex, hast du'n Sprachfehler? Das heißt Krieg!

Wieso? Opa hat auch immer Kriech gesagt.

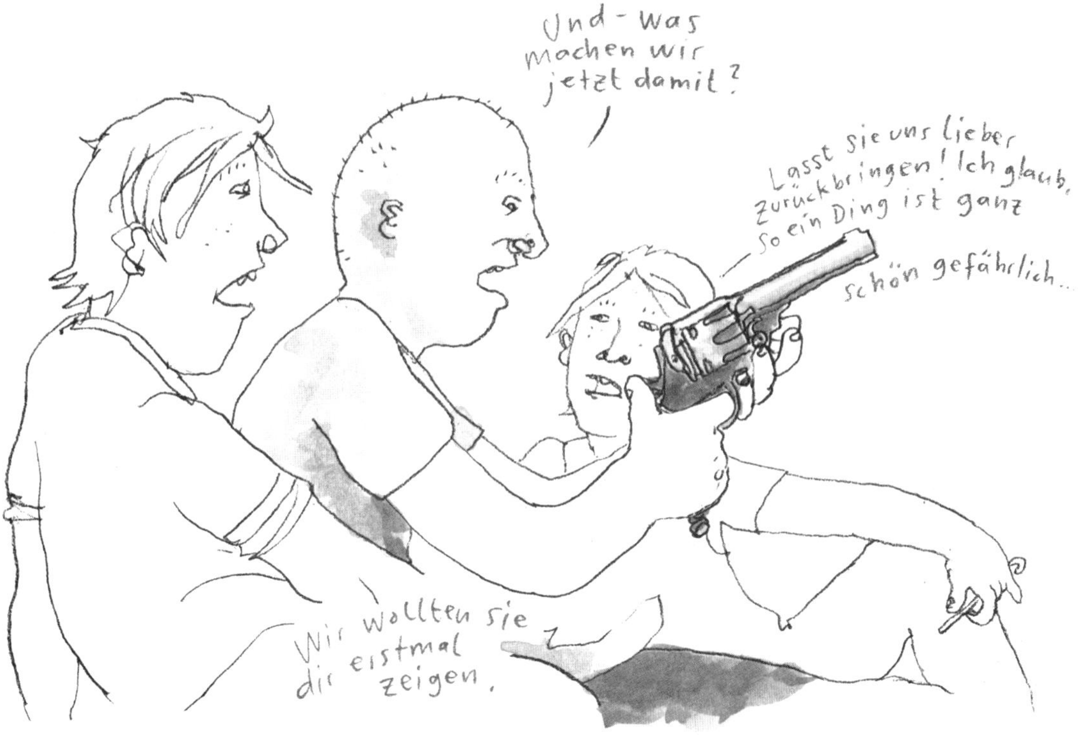
Und - was machen wir jetzt damit?
Lasst sie uns lieber zurückbringen! Ich glaub, so ein Ding ist ganz schön gefährlich...
Wir wollten sie erstmal dir zeigen.

Irgendwie gefällt sie mir.....
Wenn Oma schon zurück ist, können wir sie gar nicht zurückbringen. Wir können ja nicht einfach klingeln und sagen: „Hallo Oma! Wir wollten nur mal ......

Ey-habt ihr eigentlich schon gesehen, was da draufsteht?
Nee!
Wo?

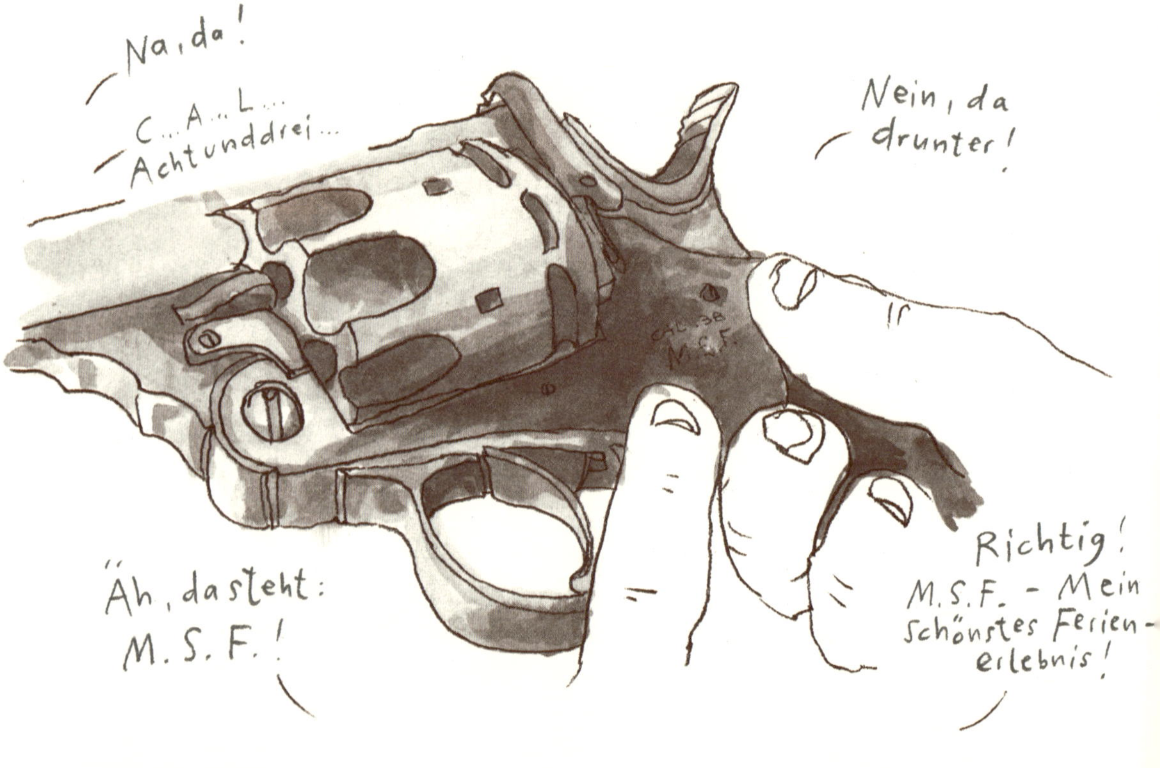
Na, da!
C...A...L...
Achtunddrei...
Nein, da drunter!
CAL.38
M.S.F.
Äh, da steht: M.S.F.!
Richtig! M.S.F. - Mein schönstes Ferienerlebnis!

Super, Herr Professor! Sie überzeugen mal wieder mit verblüffender Logik!
Danke, danke! Und jetzt die Frage an Sie, Herr Doktor: Bei welcher Krankheit nimmt man diese kleinen, süßen Zäpfchen hier?
Mann, seid ihr doof – das sind die Kugeln! Aber könnt ihr euch ja gern mal in den Arsch stecken!

So, passt auf! Es sind genau sechs Patronen! Jeder nimmt zwei und steckt sie sich in die Nase!
Der oberste Schweine-Professor hat euch etwas Wichtiges zu verkünden!
Iiieeh – und dann?
Boa, ist das eklig! Die sind ja ganz kalt...

"Hiermit dlage ick por, dattir die Pitole behaatndodange, bittir die dett Tutt appepevert haam! Die Pitole peibt unda Geheimnid, niemandaaf dadüba precken! Deid ihr dadei?"

"Jabohl- ick din dadei!"

"Ai, ai, Herr Popeppoi!"

So kam es, dass Grolf dieses sonderbare Schweinchen-Tribunal mit uns veranstaltete. Alex machte einen Pioniergruss und ich salutierte so, wie ich es mal auf einem alten Foto von Opa gesehen hatte.
Richtig verstanden habe ich das Ganze nie, aber es war trotzdem ein sehr erhebender Moment.

Jett mutti Pitole natürdid nodd gedaden bern! Beit jeman, bie dat Dinn aupdeht?
Dante, Pleiner!
Drütt dott ma aup den Hebel da!
Grolp- du mit dein Boaten-haan ....
... dieht jett birklit aut bie ein Twein!

Hopp da!
Duper, jett hapt ihr die taputtemaakt!
Quaat- dat mutto dein!

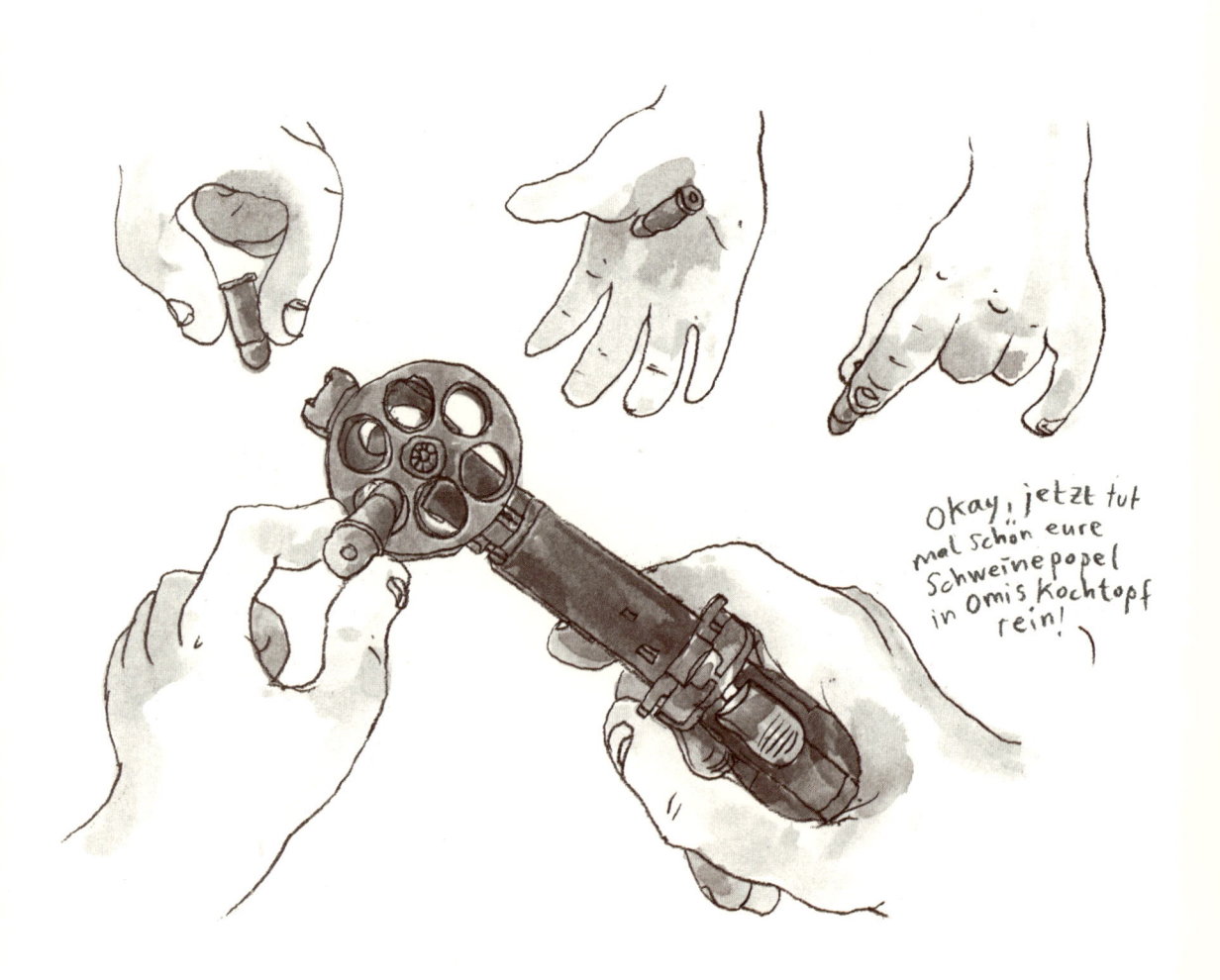

Okay, jetzt tut mal schön eure Schweinepopel in Omis Kochtopf rein!

Na bitte, passt perfekt!

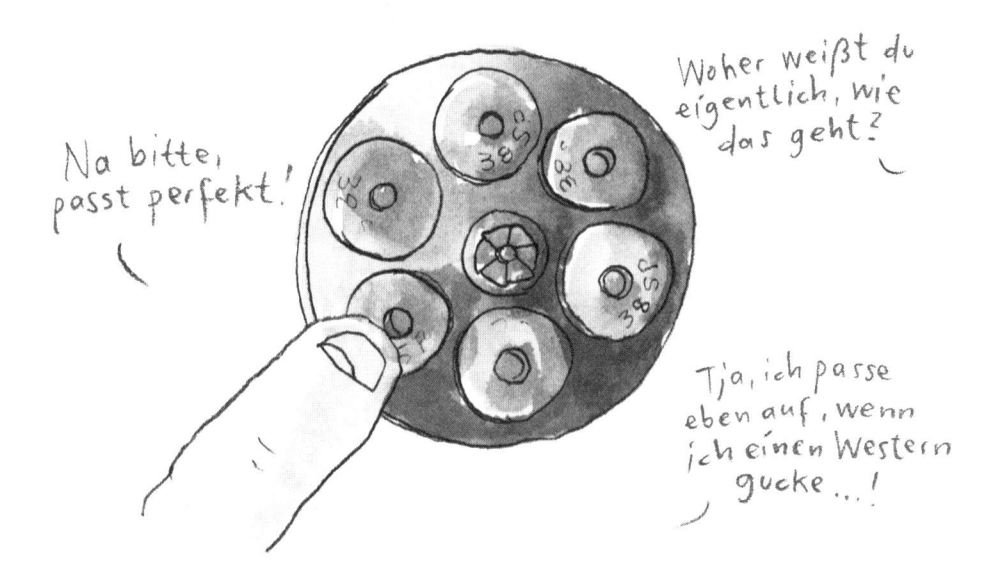

Woher weißt du eigentlich, wie das geht?

Tja, ich passe eben auf, wenn ich einen Western gucke...!

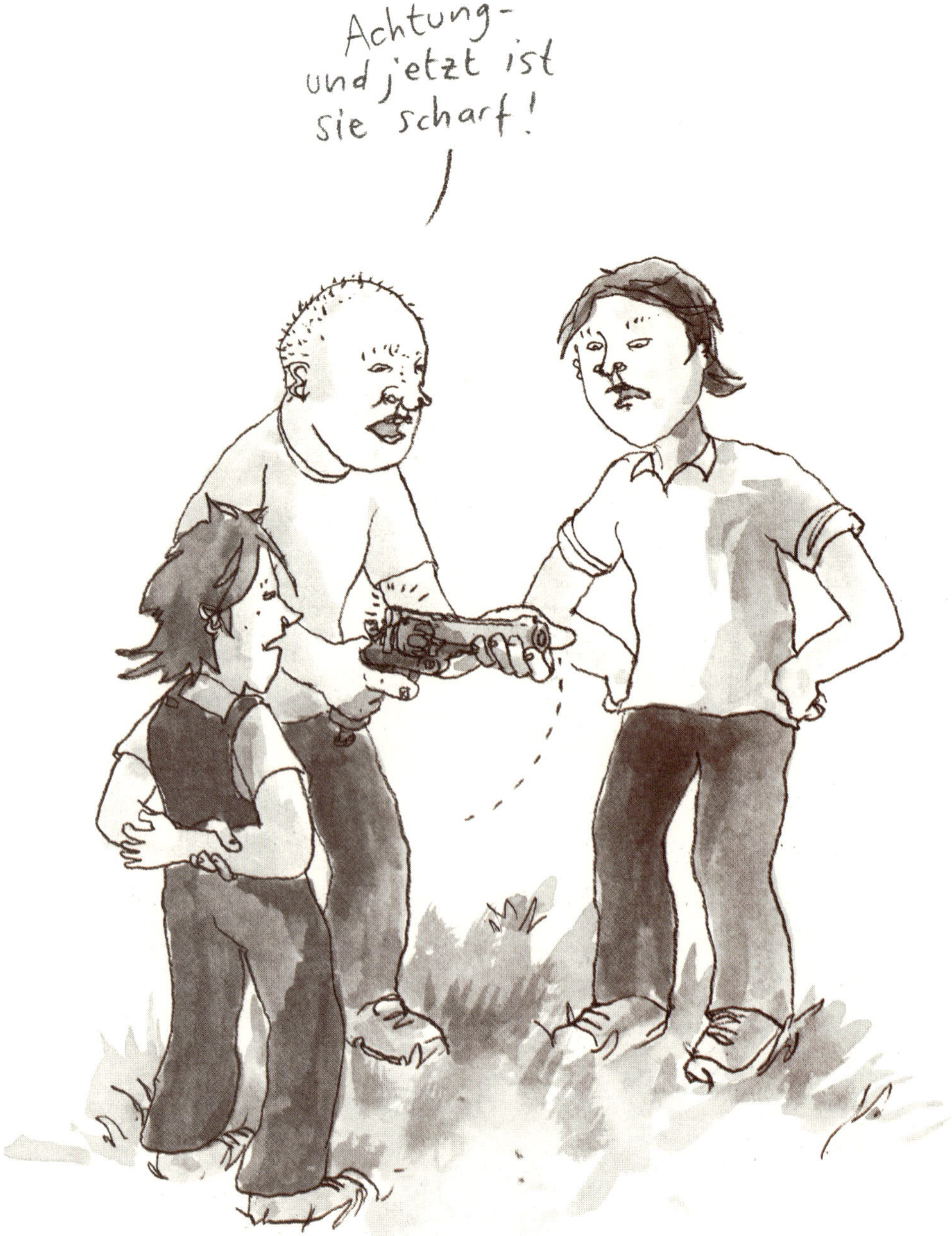
Achtung-
und jetzt ist
sie scharf!

Ich will sie auch mal haben!
Hier! Aber sei vorsichtig!
Meine Güte, das Ding wird ja immer schwerer!
Wo tut man die denn jetzt am besten hin?
Hier vielleicht? Na, das sieht ja bescheuert aus!
Oder ich steck sie mir hier vorne rein ...
Nee, da hab ich Angst, dass ich mir in den Puller schieße ...
Ich hab's! Ich tu sie hier hintenrein - wie im Film!
Aaah, verdammt! Sie hat mir in den Fuß geschossen!
Quatsch, sie ist dir nur durch's Hosenbein gerutscht!

"So geht das nicht! Wir brauchen 'ne Tasche oder sowas!"

"Alex, hast du deinen Süßkram schon aufgefressen?"

"Ja, und ich hab auch schon mächtig Bauchschmerzen!"

"Gut, dann gib mal die Tüte her, bevor du da noch reinkotzt!"

"Grolf, hol ganz viel von den komischen Gräsern. Wir knüppern sie zu einem Riemen zusammen!"

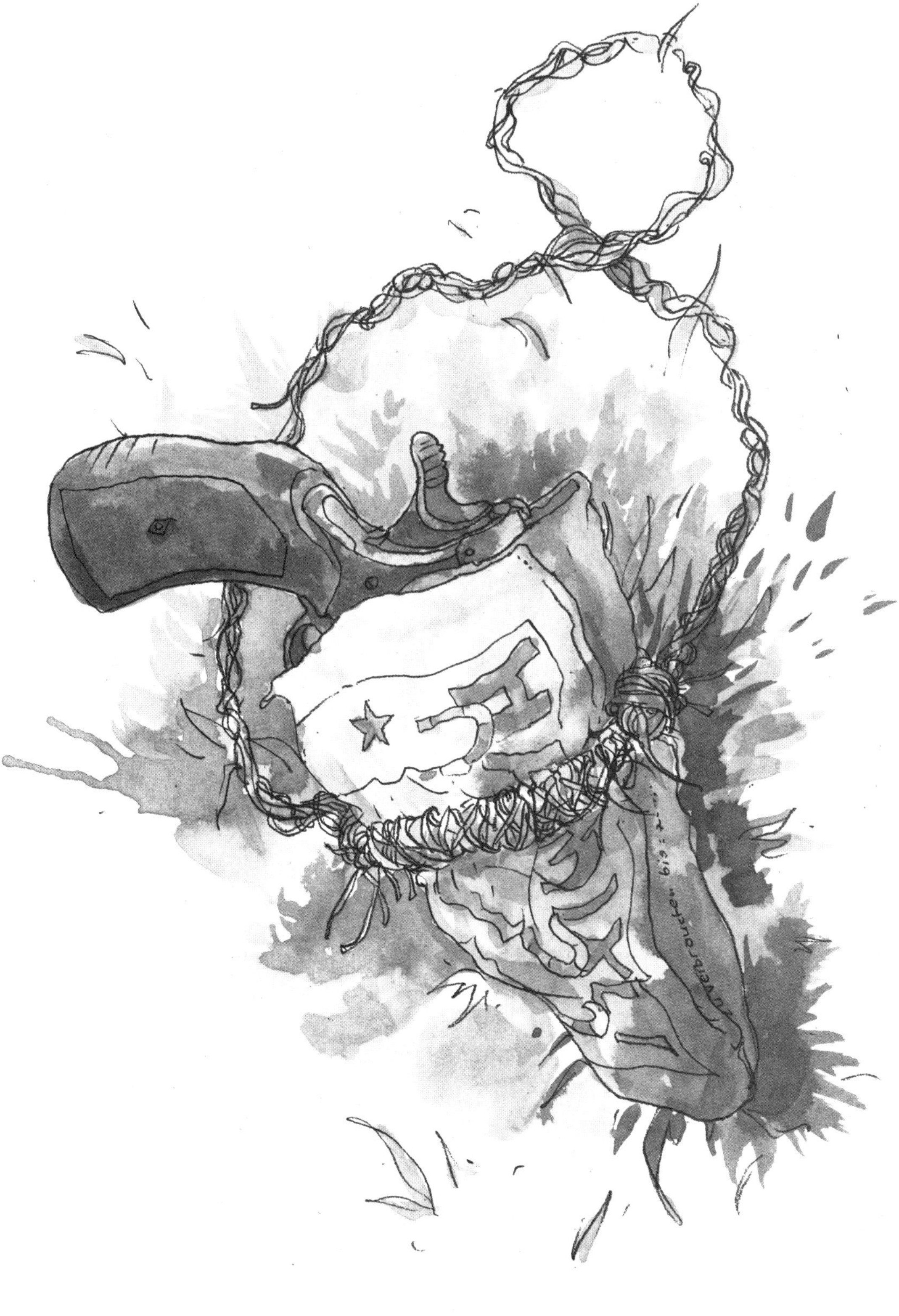

Bitteschön, Kleiner! Du bist dran mit Tragen!
Wir wechseln uns doch ab...
Ich? Wieso ich?

.....
Mensch, kannst den Arm wieder runternehmen! Die beißt nicht...
Ooch, guck mal, wie süß...

So, los geht's!
Isses weit?
Wo gehen wir überhaupt hin?
Keine Ahnung! Mal gucken!

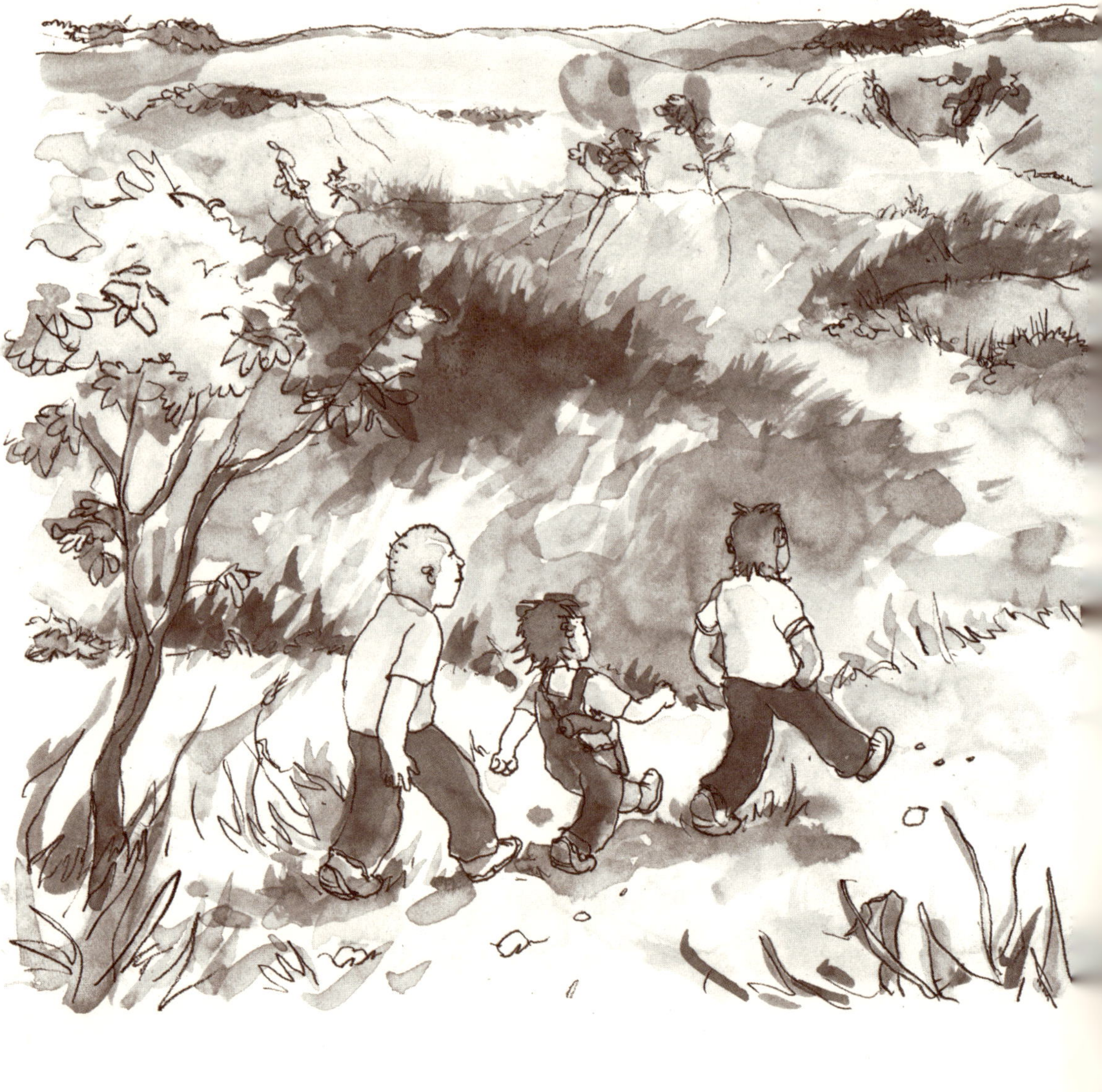

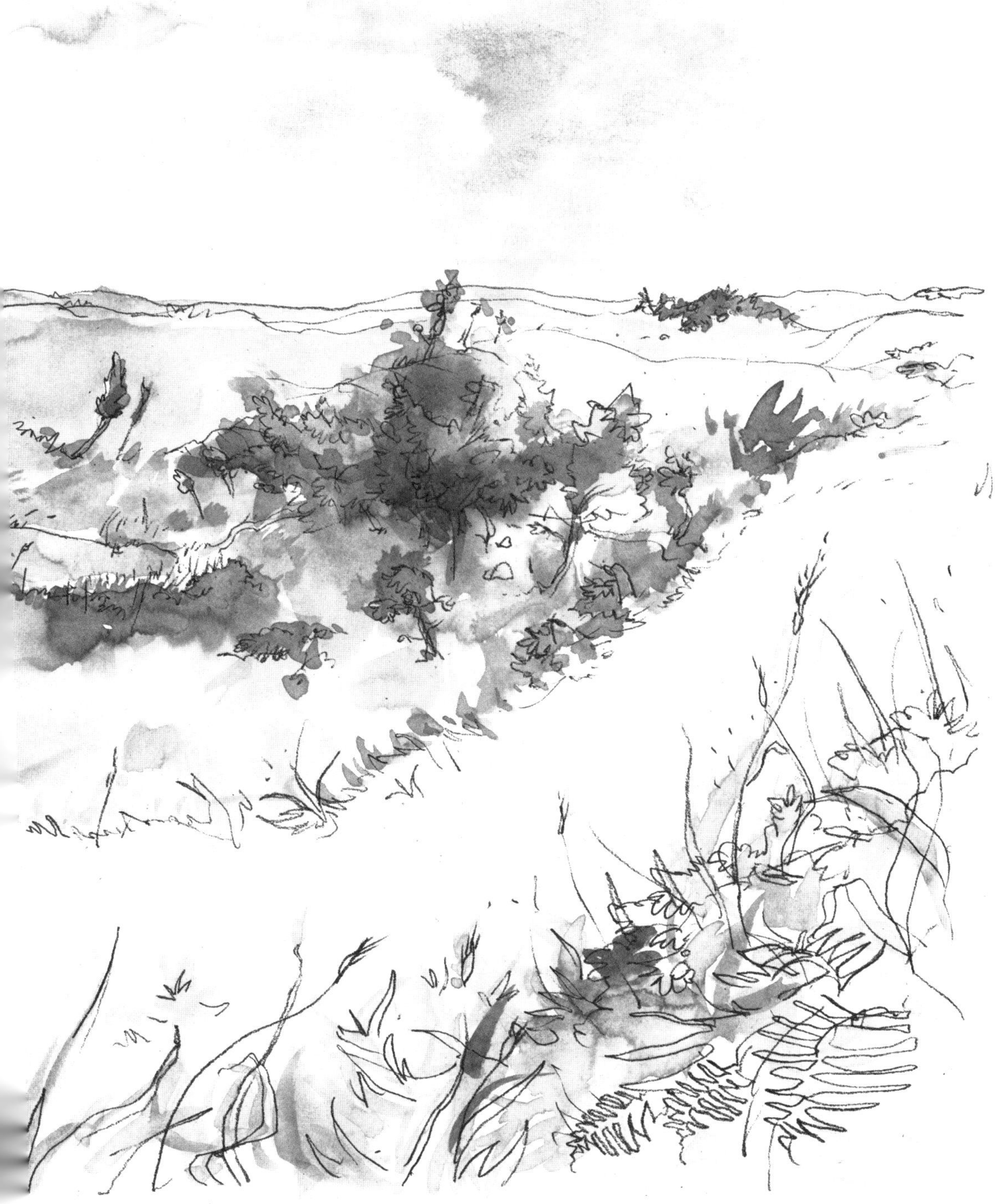

Was machen wir jetzt hier?
Wir bewachen die Bäume.
Und dann?
Wir passen auf, dass keiner umfällt!
Und dann?
Wenn ein Baum umfällt und auf einen anderen drauffällt, dann ziehen wir unsere Pistole und stellen ihn zur Rede: Los sag, warum bist du auf deinen Nachbarn draufgefallen?
Hä, versteh ich nicht- das ist doch bescheuert!
Sag, wenn du 'ne bessere Idee hast!

Ja, ich will jetzt mal schießen!
Äh....

— Denkst du nicht, dass du 'n bisschen zu klein bist dafür?

— Wieso? Ich werd doch wohl noch den Finger krummmachen können!

— Mmh.... da hat er natürlich recht.

— Auf was möchtest du denn schießen?

— Auf das schlafende Ungeheuer da drüben!

Alex, das ist kein Ungeheuer! Das ist ein Wald!
Schieß doch lieber hier irgendwo hin!
Ja, genau! Auf den Stein hier zum Beispiel! Da können wir es auch sehen ...
Wir haben nicht so viele Schüsse!
Nein! Ich werde jetzt auf das Ungeheuer schießen!

Wie zielt man denn mit dem Ding?
Na gut, mach doch, was du willst ...
Also, du musst den Schlitz mit dem Pups hier verbinden und dann auf's ... äh.. Ungeheuer halten!

Okay, ich hab's! Soll ich?

Na, los, du wolltest doch unbedingt!

Verdammt, es klemmt!

Quatsch, du musst nur richtig...

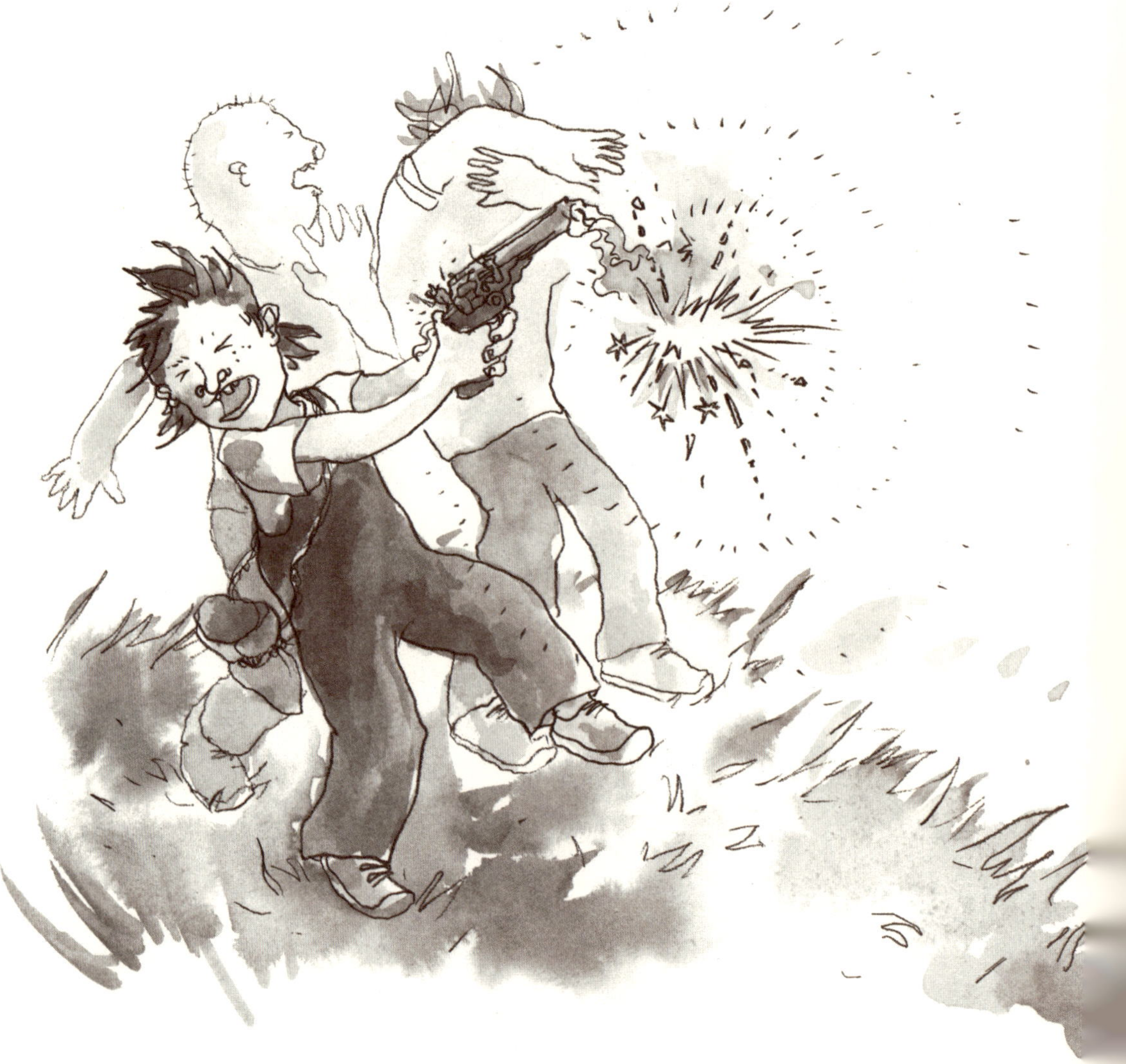

Was? Hä?

BOA! ALEX HATTE WIRKLICH GESCHOSSEN! MIT KLINGELNDEN OHREN STANDEN WIR DREI MINUTEN LANG DA UND WARTETEN DARAUF,...

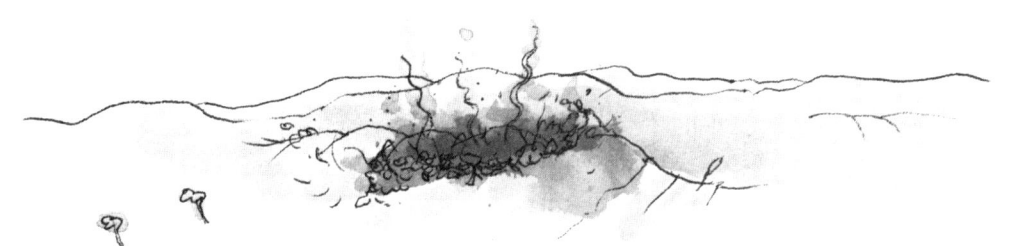

...DASS DER WALD TOT IN SICH ZUSAMMENFALLEN...

...ODER MIT EINEM GIGANTISCHEN FEUERBALL EXPLODIEREN WÜRDE...

...ABER NICHTS GESCHAH! ER STAND IMMER NOCH GENAU SO DA WIE VORHER. WIR BESCHLOSSEN...

...UNS AUF DIE SUCHE NACH DEM SCHUSS ZU BEGEBEN.

Hallo, Schu-huuuss! Wo bist du?

NACH BESTIMMT EINER STUNDE...

Guck mal, da oben!
Da ist der Schuss!
Achiwo, das ist nur so ein Loch von 'nem Vogel ...

Hier! kommt schnell her!
Ich hab ihn!

"Da isser!"

...ENTDECKTE GROLF TATSÄCHLICH UNSER EINSCHUSSLOCH!

DER ZWEITE SCHUSS

Hier Grolf - du bist dran mit Tragen! Ich hab keinen Bock mehr!
Na, los - gib schon her!

"Toll – wir haben den Schuss wirklich gefunden! Hättest du das gedacht?"

"Nein, ganz bestimmt nicht!"

DER SCHUSS AUF DEM BAUM WAR WIRKLICHE EINE GROSSARTIGE ENTDECKUNG! WIR FEIERTEN NOCH LANGE DIESES WICHTIGE EREIGNIS, ALS UNS PLÖTZLICH EINE ERSCHEINUNG AM WEGESRAND FAST ZU TODE ERSCHRECKTE.

"Hallo!"

ES WAR TOBIAS, DER DORFTROTTEL! ER HATTE DIE BLÖDE ANGEWOHNHEIT, DURCH DIE BÜSCHE ZU STREIFEN, WENN ER MAL WIEDER NICHTS MIT SICH ANZUFANGEN WUSSTE. SO MUSSTE MAN SELBST AN DEN UNMÖGLICHSTEN ORTEN MIT IHM RECHNEN – UND DIESMAL HATTE ER ES WIRKLICH GESCHAFFT, UNS ZU ÜBERRASCHEN!

Los, versteck das Ding! Der Idiot darf es nicht sehen!

Was macht ihr hier? Was habt'n ihr da?

Äh, stop mal! Ich glaub, du bringst da was durcheinander!

Hier stellen wir immer noch die Fragen!

Los, Komm her! Was treibst du da?
Äh, ich pflücke Blumen...!
Achso, und wir dachten schon, du spielst dir am Puller rum.
Zeig mal her, dein Blumensträußchen! Aha, die Orchideen sind wohl dieses Jahr 'n bisschen grün ausgefallen, oder was?
Is doch egal! Mir war halt langweilig.

Ach, uns war langweilig? Hör mal, Sportsfreund, wenn dir langweilig ist ...
... dann geh mal lieber zurück ins Dorf und kümmer dich um deine Segelohrfreundin Sabine! Auf die stehst du doch, oder?
....
Aber echt mal ...!
Au, Mann! Er ist so beknackt!
Ich zeig dir mal, wie das geht: Guten Tag, Mademoiselle! Na, kleiner Ohrenvergleich gefällig? ...
... Also, bei mir sind's sechzig Grad! – Oh, bei mir isses schon etwas später: neunzig Grad – Zeit zum Kaffeetrinken!
Höhö ...

So, und jetzt verpiss dich! Ich hab dir nicht erlaubt, über meine Witze zu lachen.

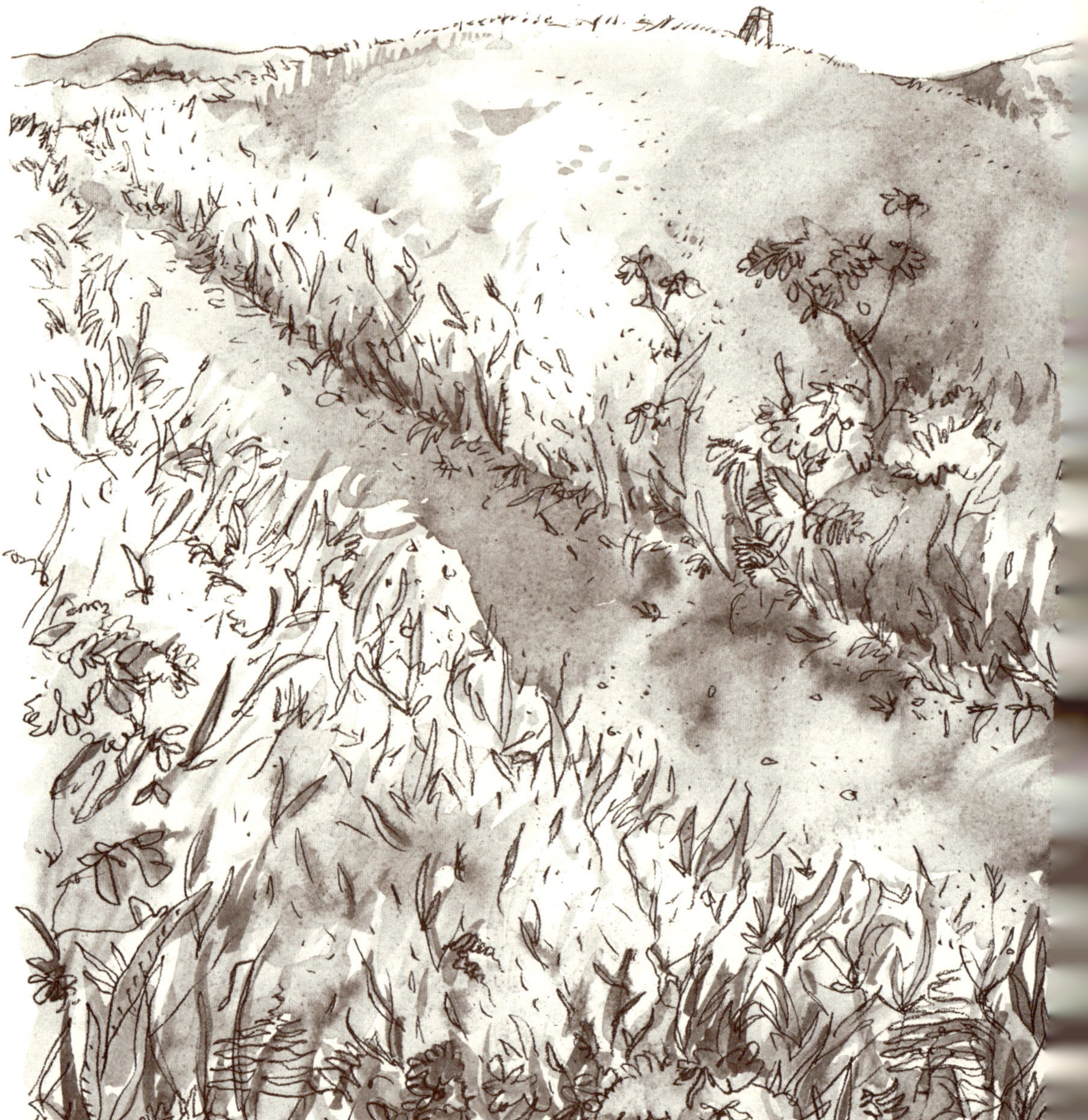

Verfolgt er uns?
Nee, nee! Davon würd' ich ihm auch dringend abraten.

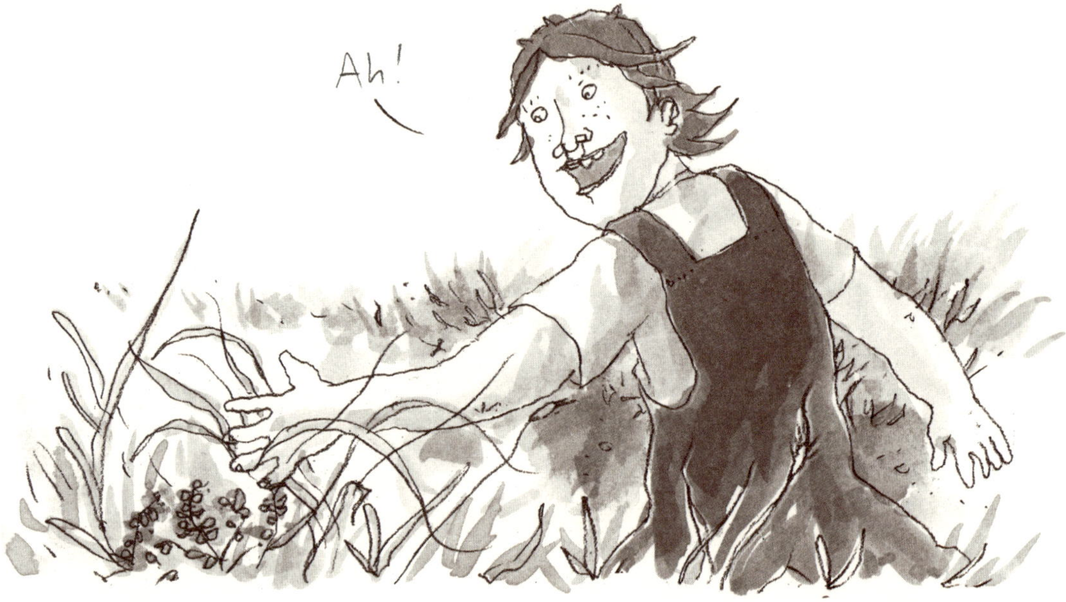
Ah!

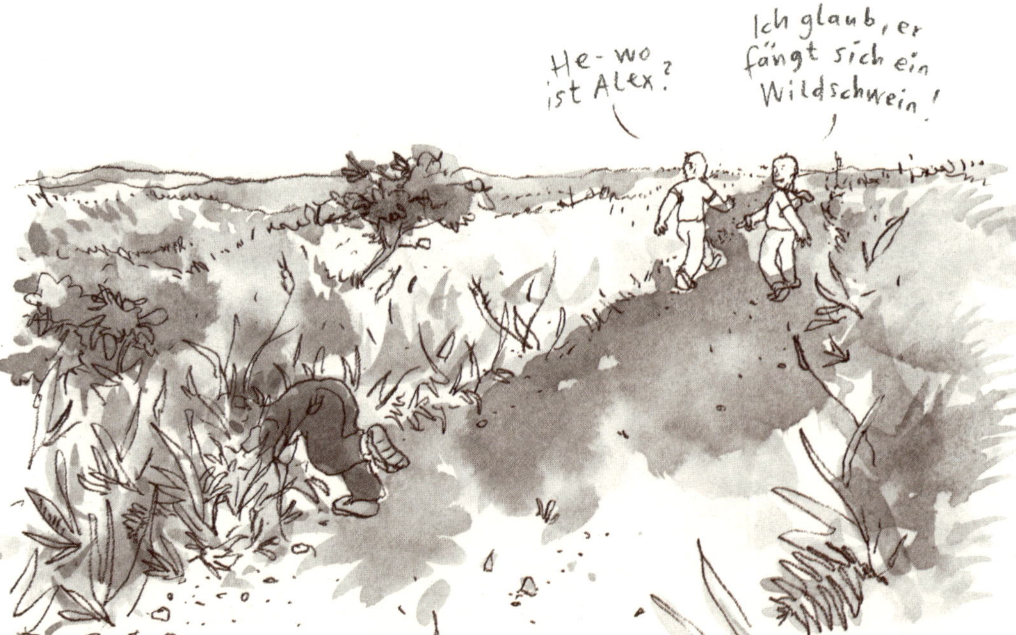
He-wo ist Alex?
Ich glaub, er fängt sich ein Wildschwein!

"Mmmmh, lecker..."

"Wusst' ich's doch: Der Kleine ist schon wieder am Fressen!"

Ähem, Jungs...

...ich hab mal 'ne Frage. 'Ne ernste Frage!...

...Wir haben doch jetzt die Pistole, ne? Wen würdet ihr, also ich meine, wenn man das könnte, einfach so, wen würdet ihr erschießen? Mmh?

Ich hab mir nämlich so überlegt, dass ich, also äh, gern mal die Frau Brennecke erschießen würde!

Bloß weil du kein Physik kannst!

Ja, genau! Das isses nämlich! Wenn die Brennecke weg ist, kann sie mir auch nicht mehr so blöde Fragen stellen!

Pah! Dann kommt eben 'ne Vertretung! Und die kann noch viel schlimmer sein! Ich weiß gar nicht, was du hast! Zumindest kannst du schon mal die Winkelgrade. Das hast du ja grad bei Tobias bewiesen!

Mag sein, aber bei Thermodynamik hab ich wieder nichts gewusst. Das war echt kacke!

Is ja richtig! Aber dann mußt du schon die ganze Physik erschiessen und nicht nur Frau Brennecke...

(Full-page comic illustration)

"Und du, Alex?" "Ich weiß nicht. Ich glaub, ich möchte den Soldaten erschießen, der Opa umgebracht hat!"

"Mensch, Alex! Opa wurde nicht umgebracht. Er ist gestorben, als ein Blindgänger explodiert ist! Das war fast vierzig Jahre nach dem Krieg!"

"Ja, aber der Blinddings war eine Bombe! Und jemand hat sie doch hierher gebracht. In einem Flugzeug, oder nicht?"

"Stimmt, die Bombe hat ein Pilot abgeworfen!"

"Ja, genau diesen Piloten meine ich!"

"Aber wahrscheinlich ist der auch schon tot....!"

"Das weiß man nicht! Vielleicht lebt er noch und ist ein berühmter Popstar! Dann knalle ich ihn einfach auf der Bühne ab. Grad, wenn er ein Lied singt ...!"

"Oh, ja! Das wird eine tolle Show! Alle Kameras sind auf ihn gerichtet, und kurz vor Ende des Liedes feuerst du deine Kugel auf ihn ab. Einfach irre!"

"Grolf, wen würdest du gerne erschießen?"

Hehe, manchmal denke ich, ich sollte meinen Alten abknallen!

Ach Grolf, jetzt hör auf, du bist gemein!

Jaja, ich mach doch nur Spaß! Aber dann würde er endlich aufhören, stundenlang an seinem blöden Stall zu bauen...

Echt mal! So schlimm ist er nun auch wieder nicht!

Nojo, wenn ich ehrlich bin - das ist ein Argument! Aber ich weiß, warum du das nie tun würdest...

Echt? Na los, sag schon!

Haha, woher weißt du das?

Du hast es uns erzählt...

Ganz einfach, Herr Professor: Sie kriegen von Ihrem Vater mehr Taschengeld als von Ihrer Mutter!

Na gut! Ich werde meinen Alten am Leben lassen...

Okay! Und wer ist dein nächstes Opfer?

Mmmh... Also eigentlich...

... würde ich ja gern erstmal ein bisschen üben ...

... an einem Wildschwein oder einem Hirsch oder so ...

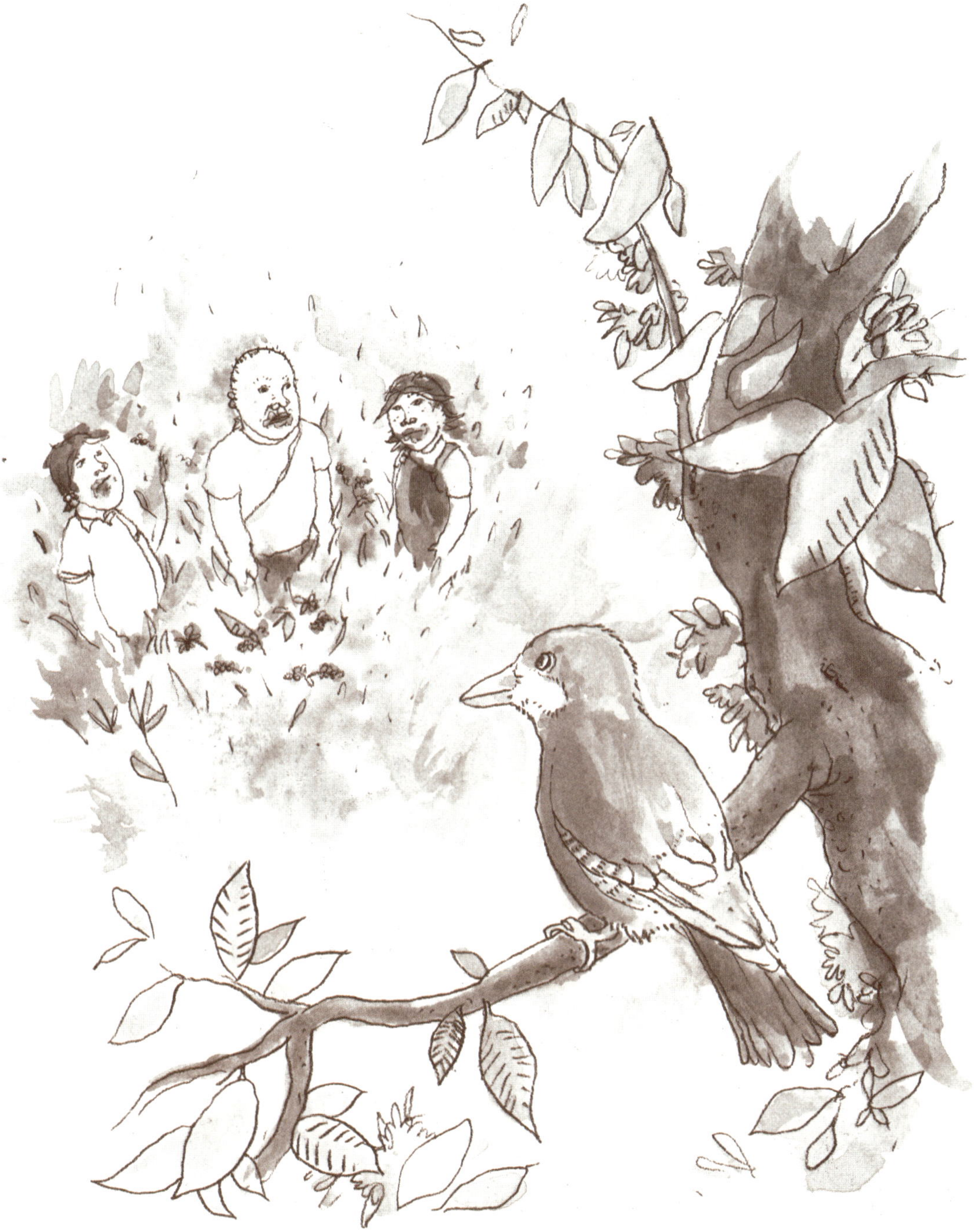

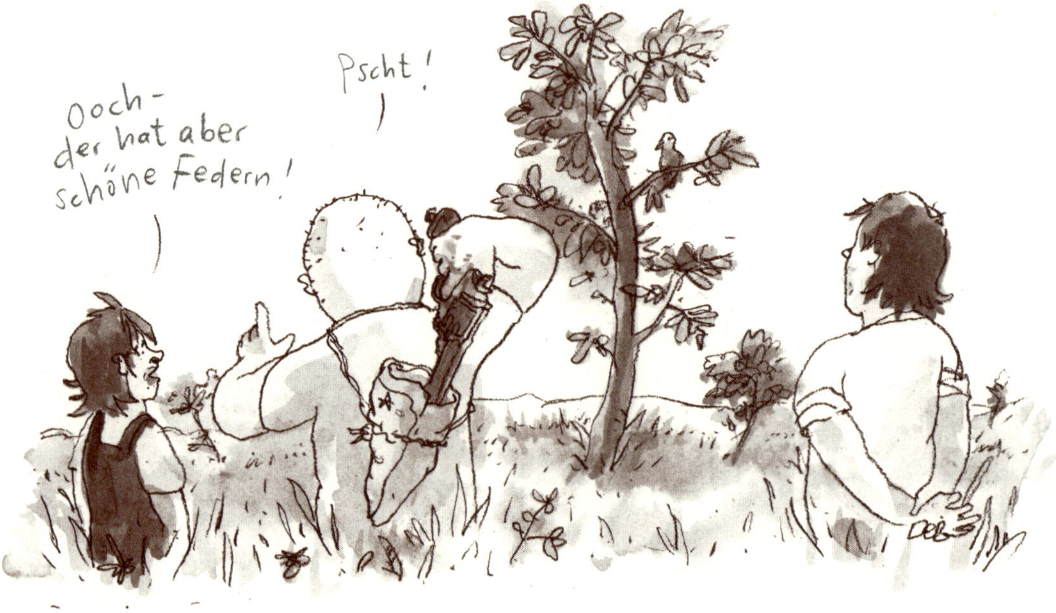
Ooch-
der hat aber
schöne Federn!
Pscht!

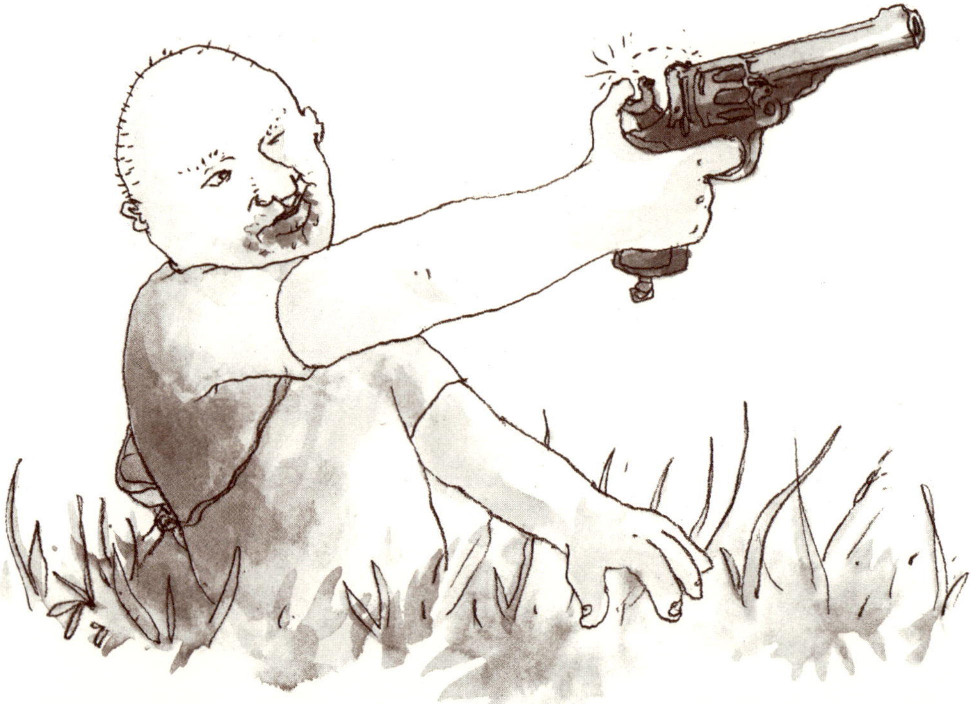

„Ja, gibt's denn sowas?"

„...Er türmt!"

„Na los, wir müssen ihm hinterherfliegen!"

Super, jetzt isses soweit: Mein Bruder hat die totale Vollmeise!
Tschiep, tschiep, kleiner Vogel- wir kommen!
Seid doch mal ruhig! So kriegen wir ihn nie!

So- jetzt aber schnell!
Okay, ich hab ihn…
…Mist, ich trau mich irgendwie nicht!
Nu mach Schon!

So ein Mist!

Au Mann, ich kann nicht mehr! Mir zittern schon die Arme …
Du musst die Luft anhalten!

WÄHREND WIR DEN EICHELHÄHER VERFOLGTEN, ÜBERLEGTE ICH, OB ER EIGENTLICH MIT ABSICHT ODER AUS DOOFHEIT FLOH. ES SCHIEN MIR DOOFHEIT ZU SEIN UND DAS FASZINIERTE MICH.

DER KLEINE VOGEL HATTE EINFACH LUST, DEN BAUM ZU WECHSELN UND SPRANG DABEI DEM TOD VON DER SCHIPPE! ICH FRAGTE MICH, WIE OFT ICH VIELLEICHT SCHON SELBST DEM TOD ENTRONNEN BIN - OHNE ETWAS DAVON ZU AHNEN...

NACH EINIGEN KILOMETERN HATTEN WIR EINE EIGENARTIG
KALTE FREUNDSCHAFT MIT DEM VOGEL GESCHLOSSEN.
WIR WUSSTEN NICHTS ÜBER SEIN LIEBLINGSESSEN ODER
WIE LANGE ER NACHTS SCHLÄFT. UNS INTERESSIERTE NUR
EIN AUGENBLICK, IN DEM ER UNAUFMERKSAM SEIN WÜRDE
UND WIR ZUSCHLAGEN KONNTEN.

Verdammt - du blöder Scheißvogel...

KURZUM: ICH HATTE PLÖTZLICH DAS GEFÜHL, DASS
UNS DER EICHELHÄHER ÜBERLEGEN WAR. TROTZDEM -
ODER VIELLEICHT GERADE WEIL - ER VIEL PRIMITIVER
WAR ALS WIR! ER WÜRDE NIE DEN SINN EINER PISTOLE
VERSTEHEN. SELBST WENN WIR VOR SEINEN AUGEN
HUNDERTE ANDERER.....

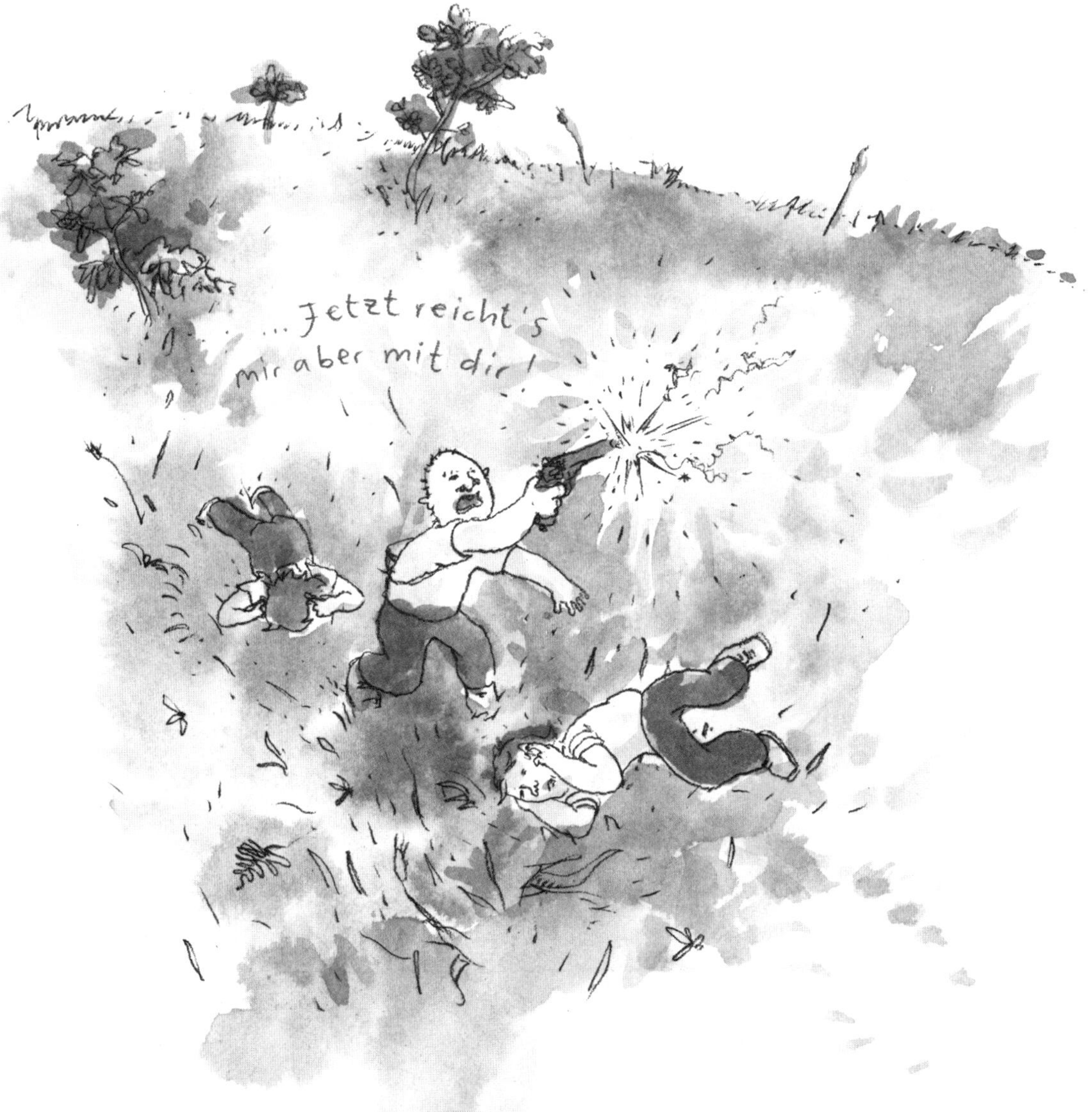
... Jetzt reicht's mir aber mit dir!

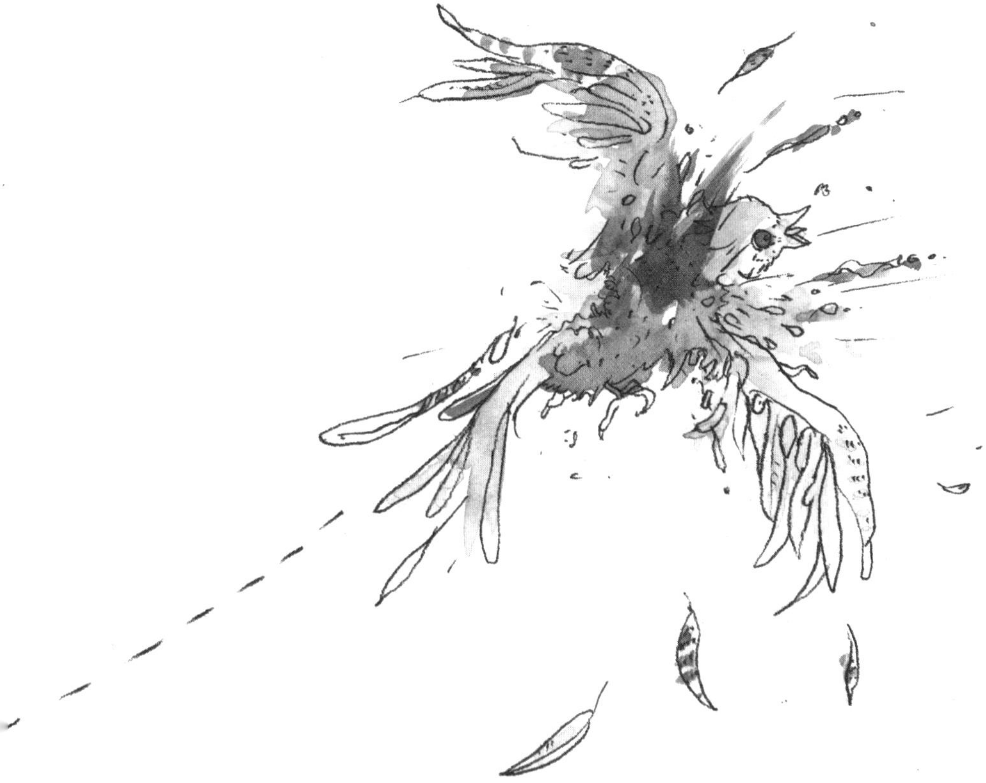

Juhuuuu! Ich hab ihn getroffen!

Habt ihr das gesehen? Im Flug! - Ich hab ihn im Flug erledigt!
Na los! Wir suchen das Vieh!
Ich hab gar nichts gesehen. Das ging mir alles viel zu schnell.

Warte, Uwe! Es muss mehr in diese Richtung sein...

Kommt her, hier ist er!
Meine Güte, es hat ihn ganz schön auseinandergefetzt!

Iiieeeh, das ist ja ekelhaft!
Der sieht aber wirklich nicht mehr besonders gut aus....
Naja, so'ne Kugel hat halt 'ne ordentliche Wucht, ne?

Was machen wir jetzt mit ihm?
Ich hab kein Hunger!
Wir können ihn ja braten!
Braten? Was soll'n das werden? Spatzenragout?

Ich fürchte, wir können unserem kleinen Freund ....
... nur noch die letzte Ehre erweisen!

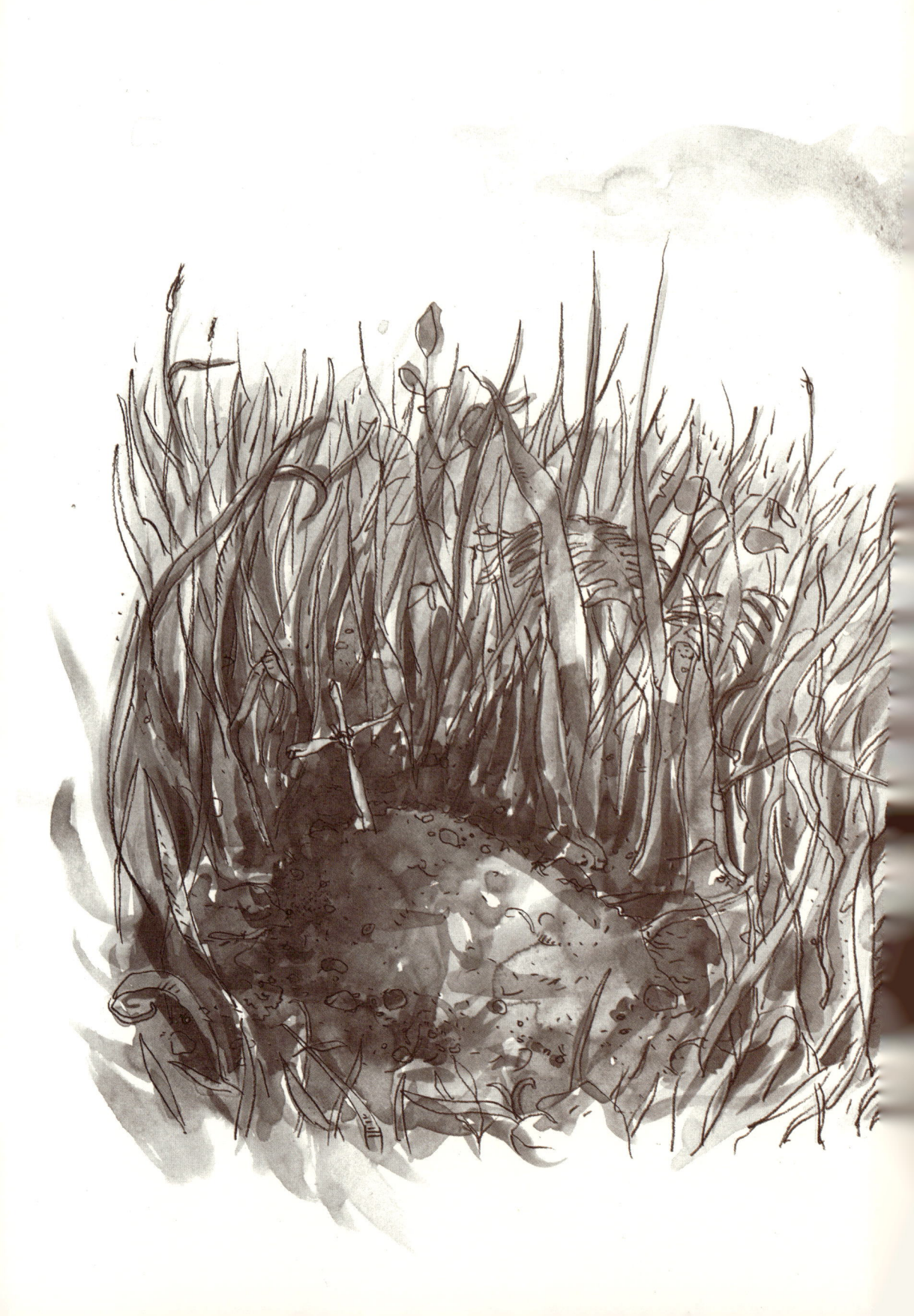

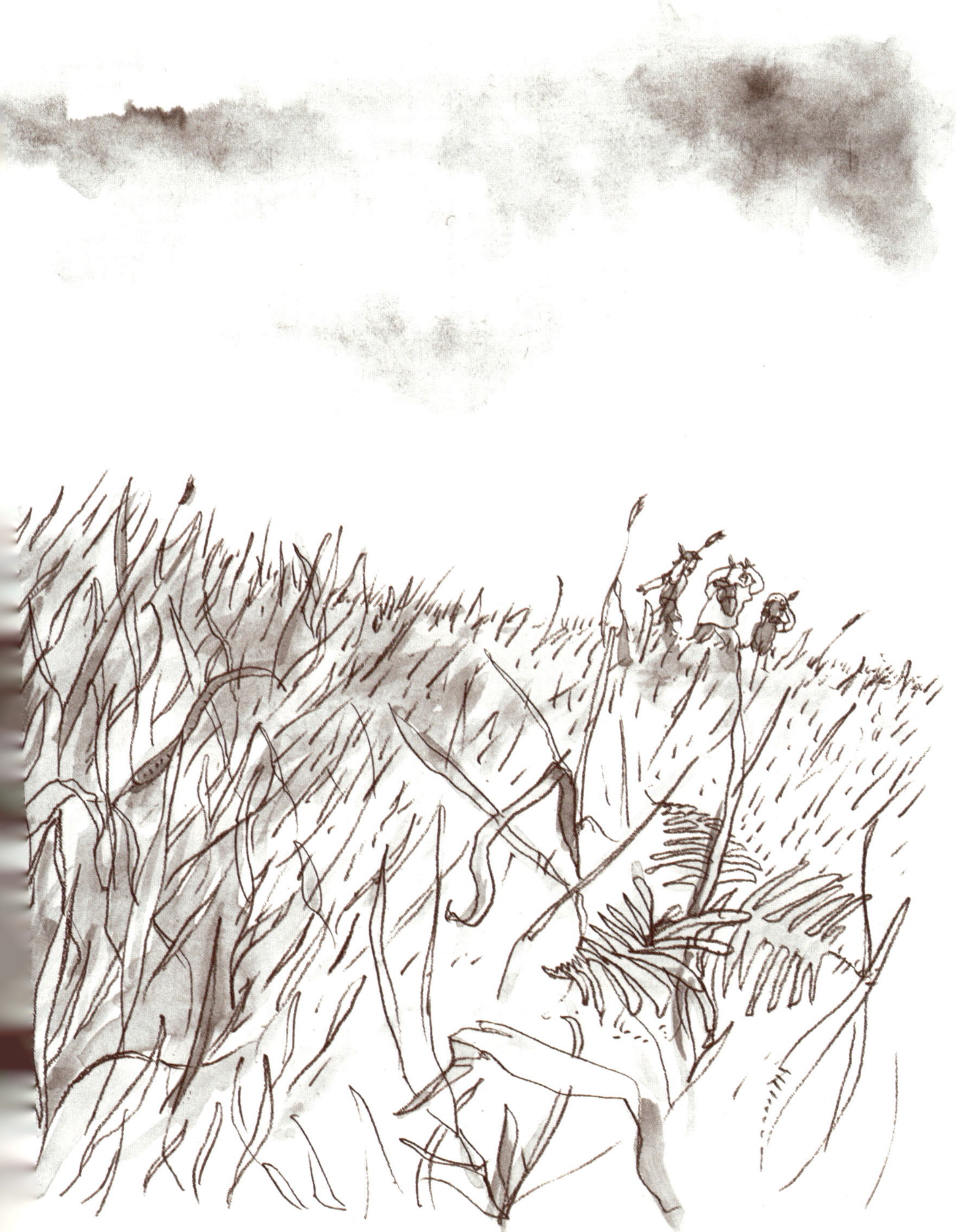

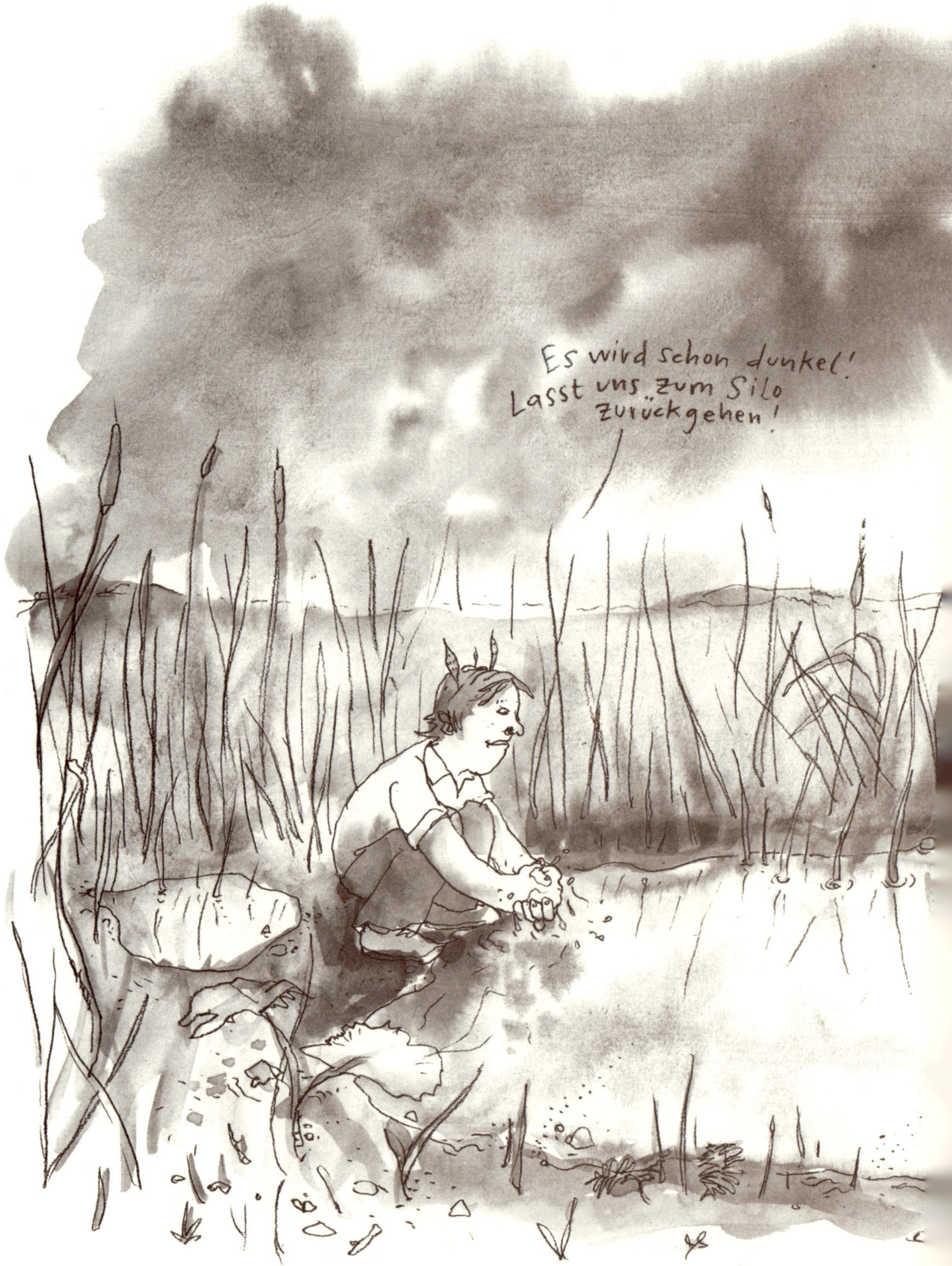
Es wird schon dunkel! Lasst uns zum Silo zurückgehen!

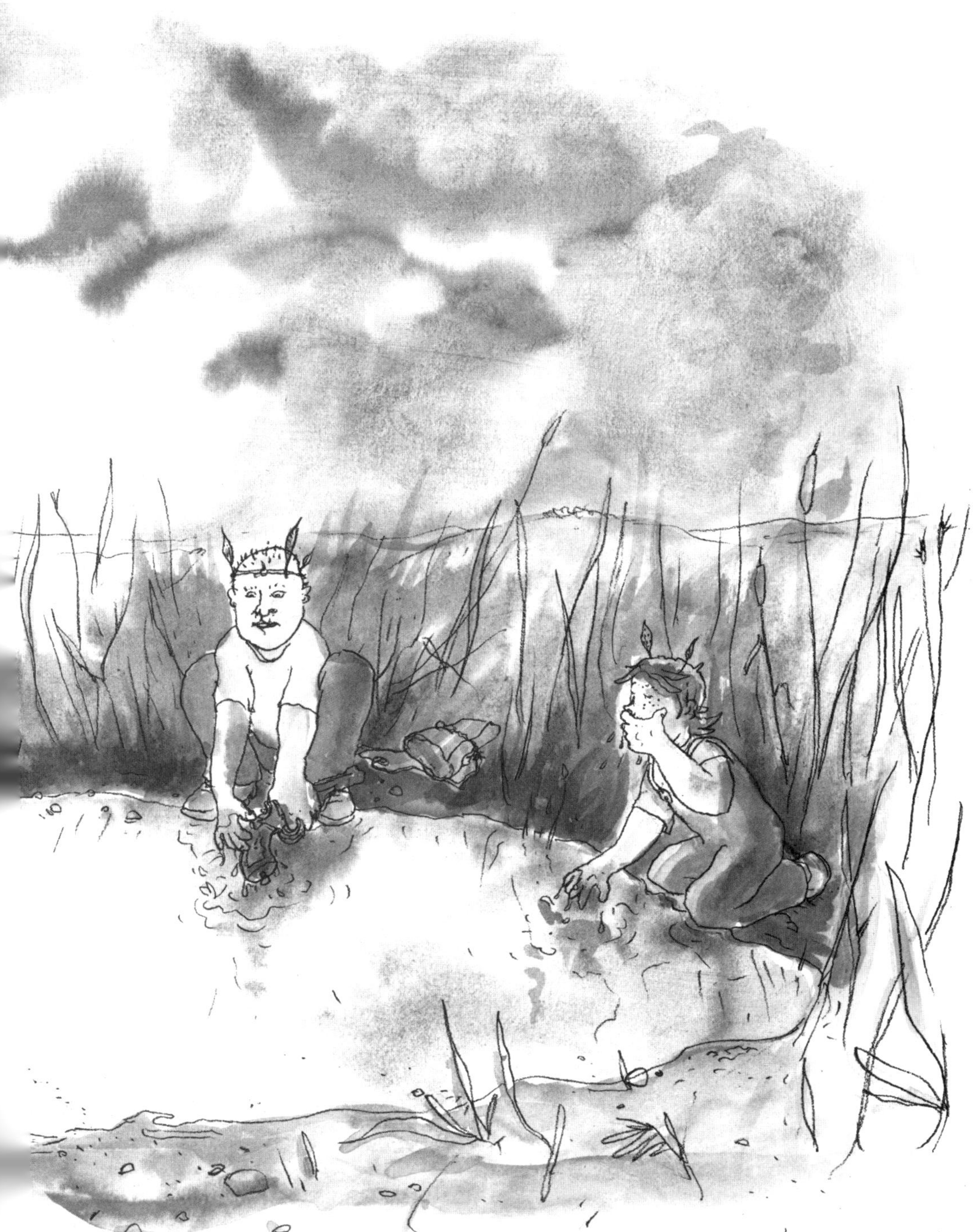

DER DRITTE SCHUSS

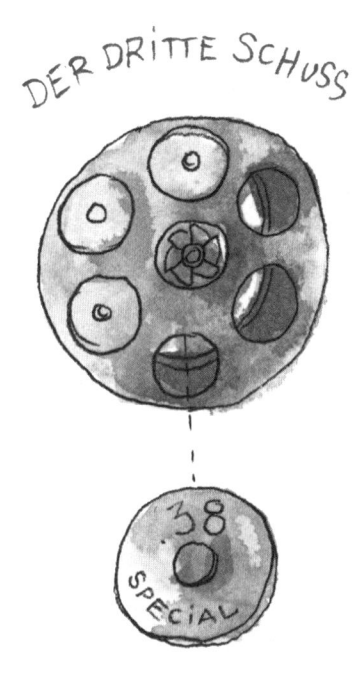

.38 SPECIAL

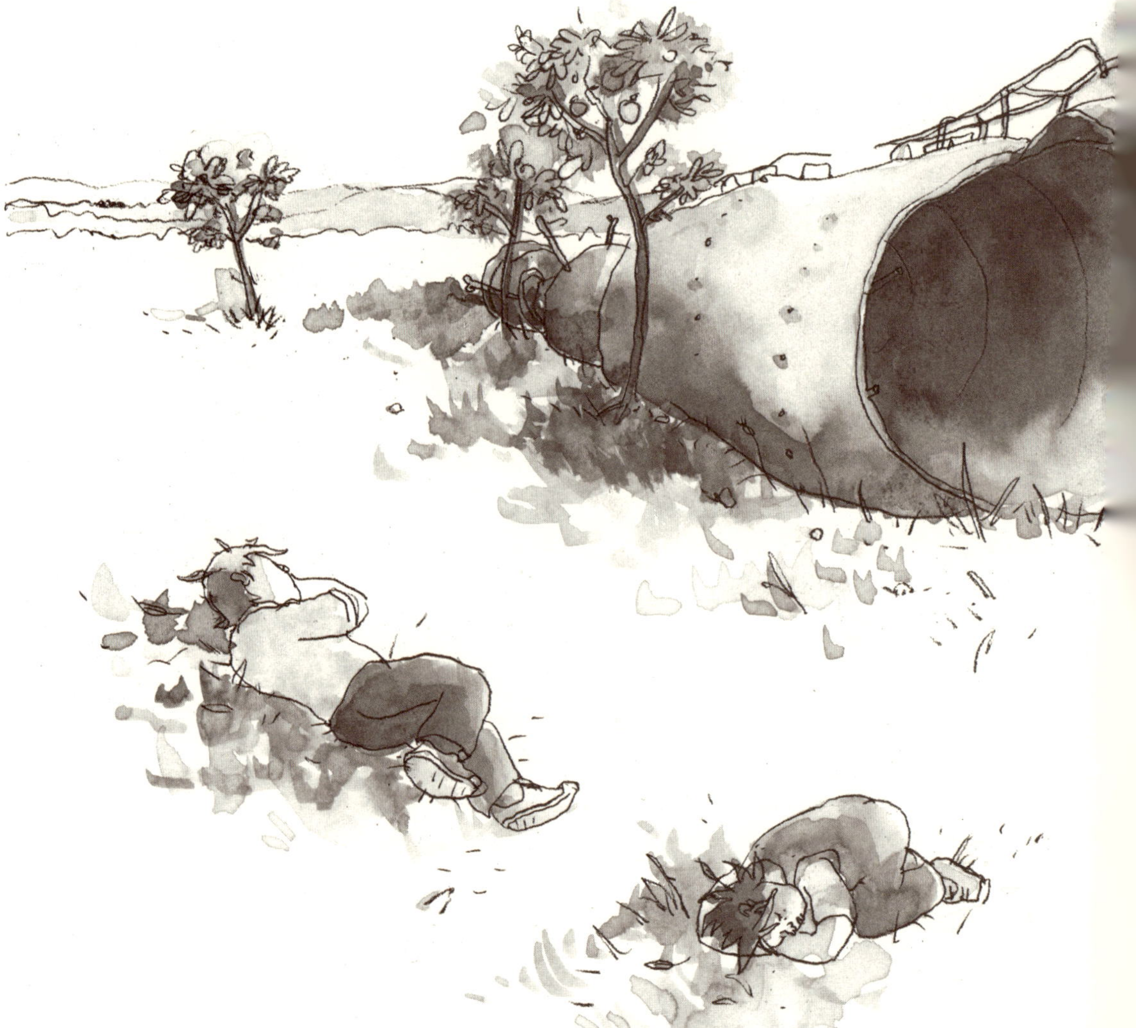

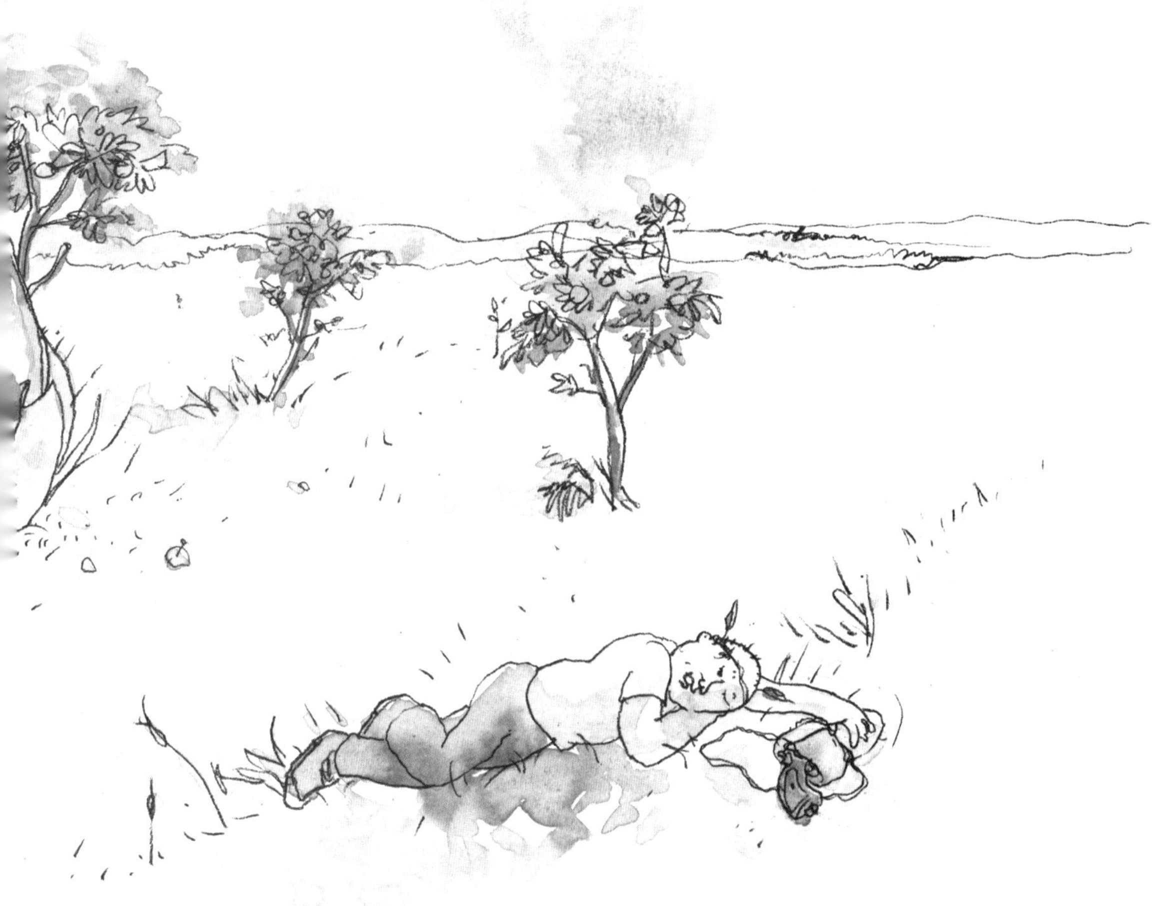

BLONK!

Hä?

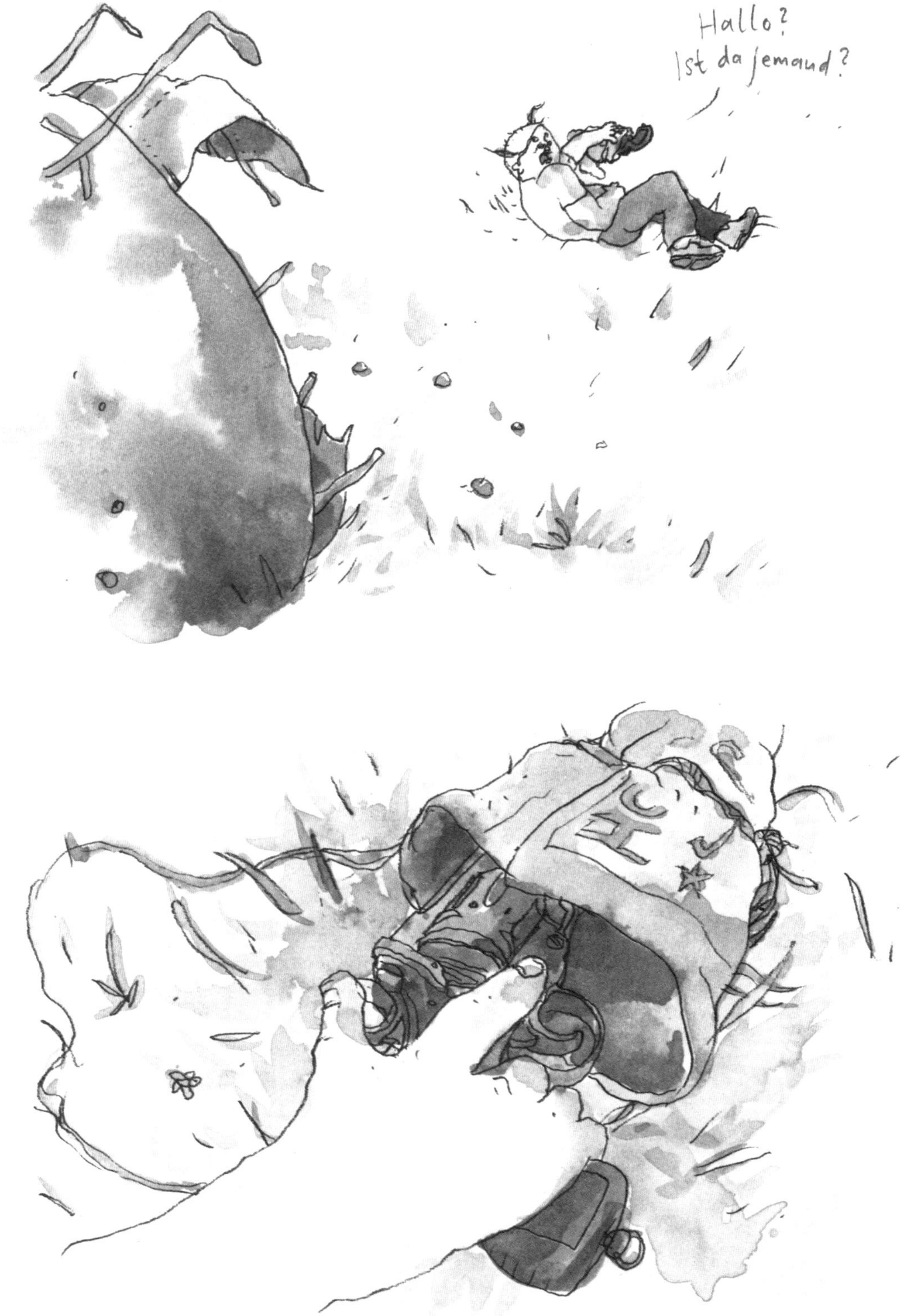
Hallo? Ist da jemand?

Ha!

Ach, verdammt!

Die Seele der toten Vogels verfolgt mich...

He!---...

Wer hatte eigentlich die lustige Idee, daß sich Tobias um seine Freundin kümmern soll?

Hihi.... das war ich!

Dacht' ich's mir doch!

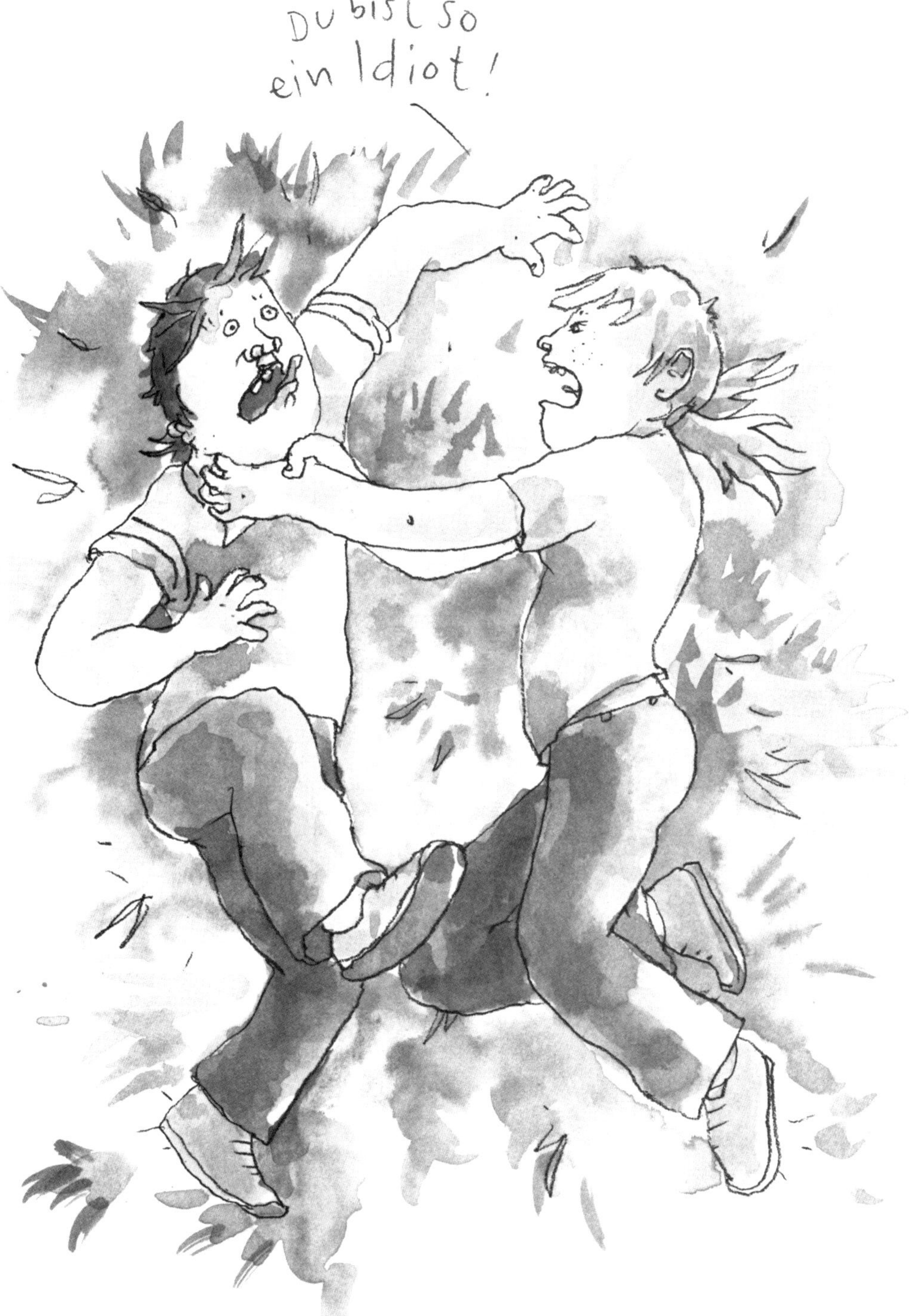
Du bist so ein Idiot!

Schluss jetzt, du blöde Kuh!
Au, du tust mir weh!
Ey - was ist da los? Sofort aufhören!
Das ist Sabine!
Sa-Sabine, was hast du hier zu suchen?
Wir haben dir verboten, hierher zu kommen!

"Ich wäre auch wirklich lieber zu Hause geblieben,..."

"...wenn dieser Blödmann hier nicht versucht hätte, mich mit Tobias zu verkuppeln!..."

"...Der Trottel hat die ganze Nacht versucht, mich zum Essen einzuladen..."

"...Mann, es war so schrecklich! Ich bin ihn überhaupt nicht mehr losgeworden..."

"...Morgens um vier kam er auf die Idee, mit einer Leiter in mein Fenster zu klettern..."

"...Scheiße! Ich wusste gar nicht, was ich machen sollte!"

Warum hast du ihm nicht in die Fresse gehauen?
Hab ich ja! Ich hab ihn voll die Leiter runter-geschubst - aber der Spast ist einfach aufgestanden und wieder hochge-klettert!

"Sabine, das tut mir echt leid! Das wollte ich nicht..."

"Ach, Schwamm drüber! Ihr seid eben doch keine richtigen Männer!"

Man muss sich ja nur mal euer Haus angucken! Gab's das auch in rostfrei? Was macht ihr hier eigentlich den ganzen Tag? Spielt ihr euch am Puller 'rum?
Jetzt mach aber mal halblang, Frollein!
Also wirklich! Das ist ja wohl 'ne Frechheit!
Ey - bei dir piept's wohl?

Die spinnt, die blöde Kuh!
Das können ja nur Halbaffen sein, die in so einem Ofenrohr hausen...

Mein Gott, sie hört gar nicht mehr auf zu erzählen!
Eigentlich find ich's ja ganz süß, wie sie da so steht und vor sich hinplappert...
Wenn sie weiterhin so viel redet, werden wir sie wohl erschießen müssen!
Und hier: ein richtiger Mann würde erstmal dieses Verletzungsrisiko beseitigen...

Ja - erschießen ist ne tolle Idee! Wenn sie tot ist, können wir uns ihre Muschi angucken!
Naja, wahrscheinlich seid ihr drei handwerklich total unbegabt .....

Alex - du bist 'ne Drecksau!
Mann, Mann, so klein und schon so verdorben!
Hört ihr mir überhaupt zu?

"Naja, ihr müsst mir ja auch nicht zuhören! Aber vielleicht könnt ihr mir noch eine klitzekleine Frage beantworten:

Kann ich bei euch mitmachen?"

ACH SO, ICH HÄTT'S IN DER AUFREGUNG FAST VERGESSEN: DAS IST SABINE! WIE MAN SICHER GLEICH BEMERKT, IST SIE EIN WENIG DURCHGESCHEPPERT. ABER DAS MAG AN IHRER AUFREGENDEN NACHT MIT TOBIAS LIEGEN. AUSSERDEM RELATIVIERT SICH SO ETWAS, WENN EINEM IM DORF DIE MASSSTÄBE FEHLEN!

"Das ist ja wohl mal wieder typisch Frau!"

"Du hast uns doch eben einen Vortrag gehalten, was für blöde Weicheier wir sind..."

"Ach, Dickerchen, ich mein das doch nicht so!"

"Ausserdem kannst du als Frau gar nicht bei uns mitmachen!"

"Aber was soll ich denn machen? Ich hab so'ne Angst, wenn ich ganz alleine bin...."

"Ich brauche jemanden, der mich beschützt! Wie dich zum Beispiel, mein Kleiner! Du bist so ein süsser Kerl, der bestimmt immer auf sein Mädchen aufpasst!"

"He - pass auf, ich hab'ne Idee......"

"Sehr gut, das gefällt mir! Wo hast du das her?"

"Ach, aus irgend so einem Buch..."

"Äh, Sabine, hör zu: Wir haben beschlossen, dich in unsere Clique aufzunehmen..."

"Unter einer Voraussetzung:"

"...Du musst eine kleine Mutprobe bestehen!..."

"Wenn du dir mit unserer Pistole einen schönen, leckeren Apfel von deinem Kuhkopf schießen lässt, bist du dabei!"

"Wow - gehört die euch? Zeig mal her!"

"Finger weg! Das ist nichts für Mädchen."

Uwe- du siehst, ...ich meine.. mit der Pistole siehst du unheimlich stark aus – wie ein Cowboy!
Hab ich dir eigentlich schon mal gesagt, dass ich, also..., ich fand dich ja schon immer...
Ja, das ganze Dorf weiss es bereits. Und jetzt lenk nicht ab! Sag mir lieber, ob du die Mutprobe machen willst!

Na gut, wenn es sein muss, werde ich sie machen....!
Sehr gut!
Ach, bevor ich's vergesse: Da gibt es noch etwas!

Wir möchten gern, dass du die Mutprobe nackt machst!
Alex hat gesagt, dass er gern deine Muschi sehen würde.
Ha-hab ich gar nicht!
Schon gut, Kleiner, ich hab's gesagt!
Ihr Spasten wollt's ja anscheinend ganz genau wissen! Aber denkt nicht, dass mir das 'was ausmachen würde!
Oh Gott - sie macht's wirklich...

Was glotzt ihr so blöd? Habt ihr noch nie 'n nacktes Mädchen gesehen?
Ich, ... äh, weiß nicht ...
Also, ich hab mal ...
Nee!

Sabine, ich weiß gar nicht, was du hast. Es ist Sommer!
Welchen Apfel sollen wir nehmen: Den roten oder den grünen?
Den kleinen!

Könnt ihr euch vielleicht mal 'n bisschen beeilen? Mir ist kalt!

Hoffentlich passiert dir nicht das gleiche wie dem kleinen Vogel ...
Hä, welcher Vogel? Was ist ihm passiert?
Ach, nichts - ich glaube, du willst es gar nicht wissen!
Scheiße, das ist mein Ende ...

Okay, ich wär dann soweit! Es kann losgehen!
Na gut, wenn du meinst ...

ICH DRÜCKTE AB. EIN GROSSER KRAFTBALL KAM FRONTAL AUF MICH ZUGERAST UND SCHIEN MEINEN GANZEN ARM EINZUHÜLLEN. ER DRÜCKTE MICH NACH HINTEN. ICH SPÜRTE, WIE EIN SCHWERER GEGENSTAND AUS MEINEM HANDBALLEN GESCHLEUDERT WURDE.
FÜR EINE SEKUNDE WAR ICH BLIND UND TAUB UND NICHTS UM MICH HERUM GESCHAH.

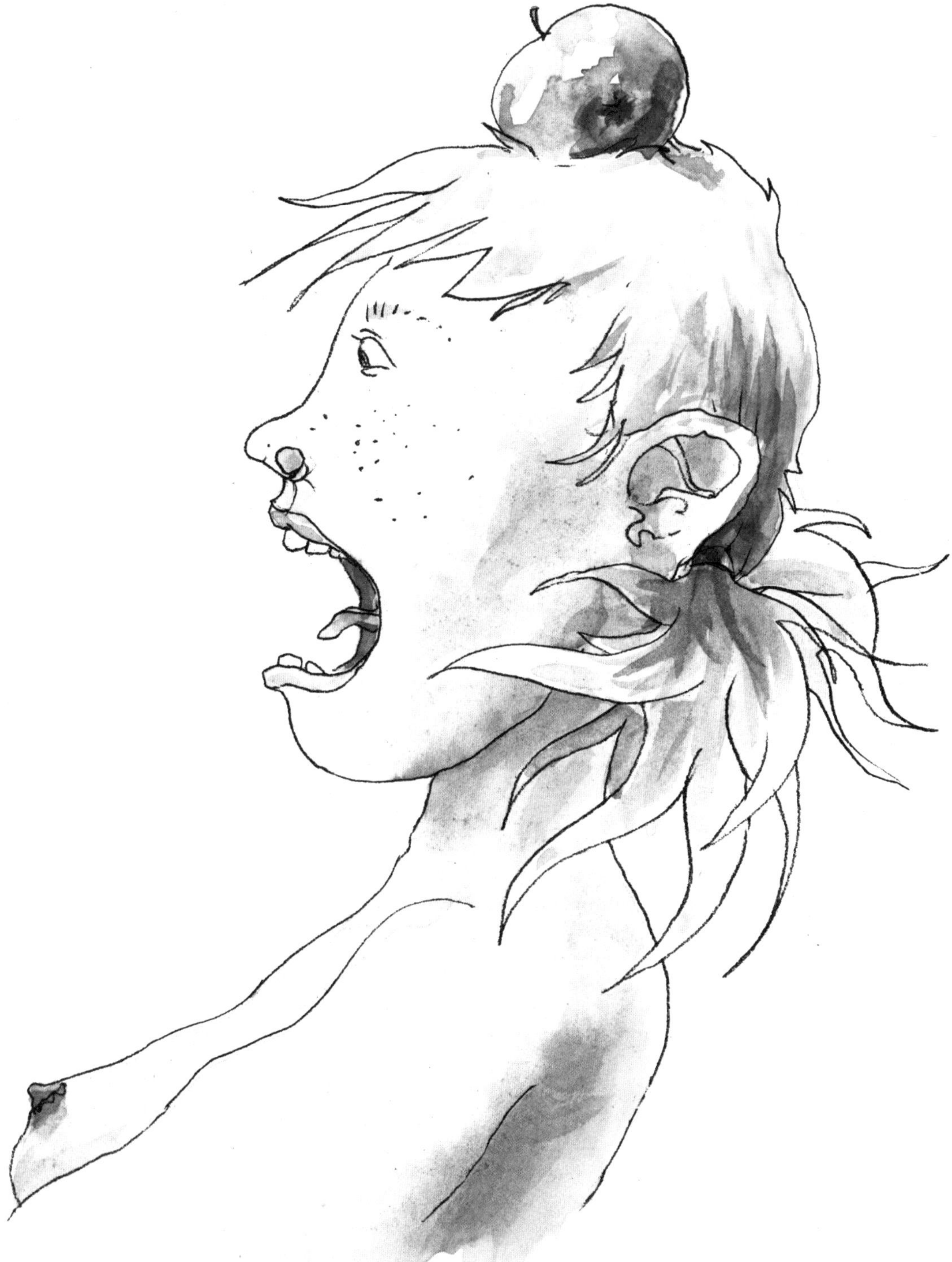

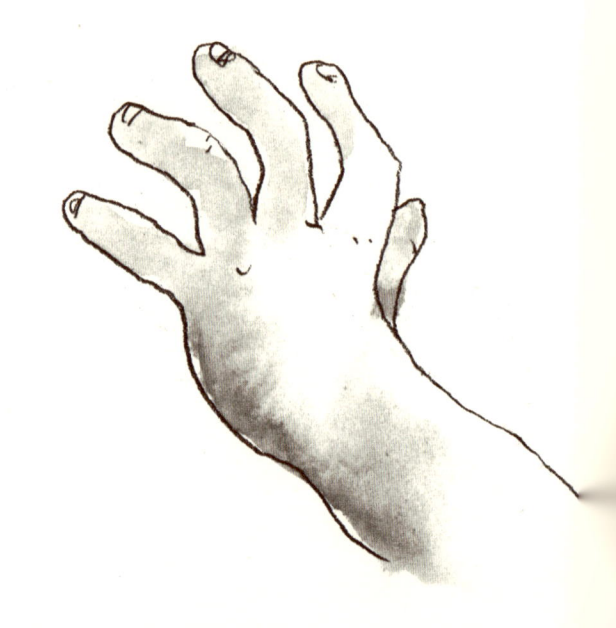

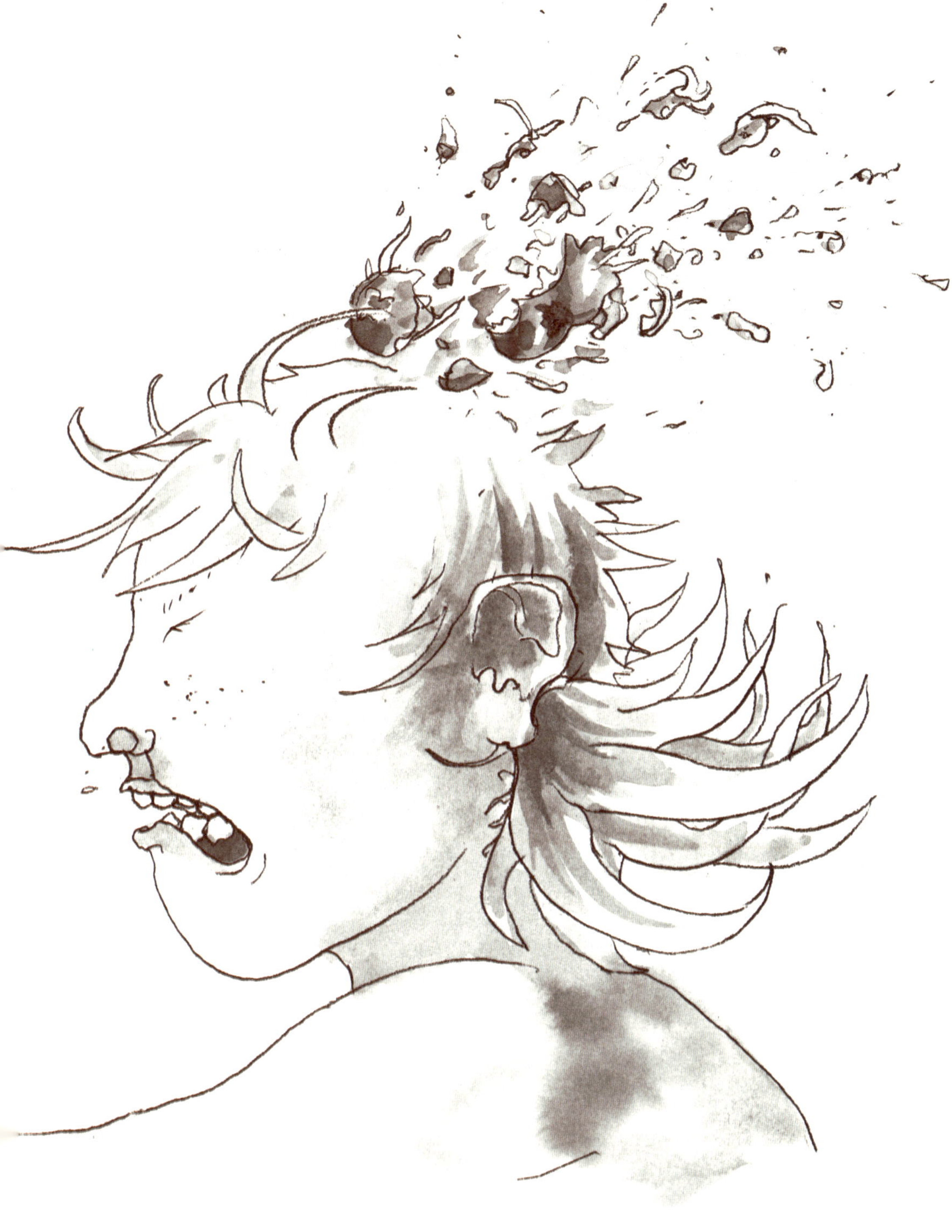

ICH HATTE DEN APFEL VOLL ERWISCHT! SABINE WURDE ORDENTLICH DURCH DIE GEGEND GEWIRBELT, ABER DAS WAR NUR DER SCHRECK, DER SIE UMWARF!

SPÄTER ERZÄHLTE MIR GROLF, DASS SICH SABINE REFLEXARTIG EIN KLEINES STÜCK GEDUCKT HATTE, UM DIE KUGEL NICHT GENAU IN'S GESICHT ZU KRIEGEN. DAS WAR NATÜRLICH NUR EIN SPASS! WER SICH VON MIR, DEM GROSSEN MEISTERSCHÜTZEN UWE SCHMELZKE, EINEN APFEL VOM KOPF SCHIESSEN LÄSST, DER BRAUCHT DOCH NICHT ZU SCHUMMELN!

JEDENFALLS WAR SABINE NUN MITGLIED UNSERER CLIQUE...

...UND ICH WURDE DEN EINDRUCK NICHT LOS,...

... DASS SIE SICH DEN GANZEN STRESS NUR MEINETWEGEN GEMACHT HATTE.

Ich hab mal einen Western gesehen, wo der Cowboy zwei Stunden lang seine Frau geküsst hat...

Na guck an! Und ich dachte, er hätte sein Pferd geknutscht!

Wenn die beiden so weitermachen, dann schaffen sie das auch noch.

Naja, wie auch immer: Du bist dran! Ich will, dass du dein Bein hinter den Kopf tust und dir den großen Zeh in den Mund steckst...

Ach, jetzt hör auf! Ich hab keinen Bock mehr!

DER VIERTE SCHUSS

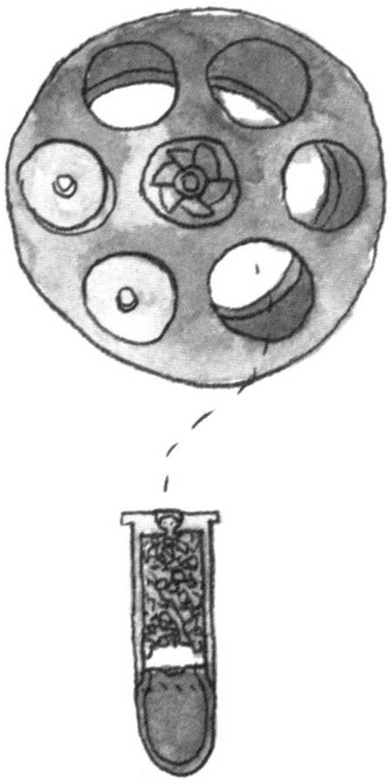

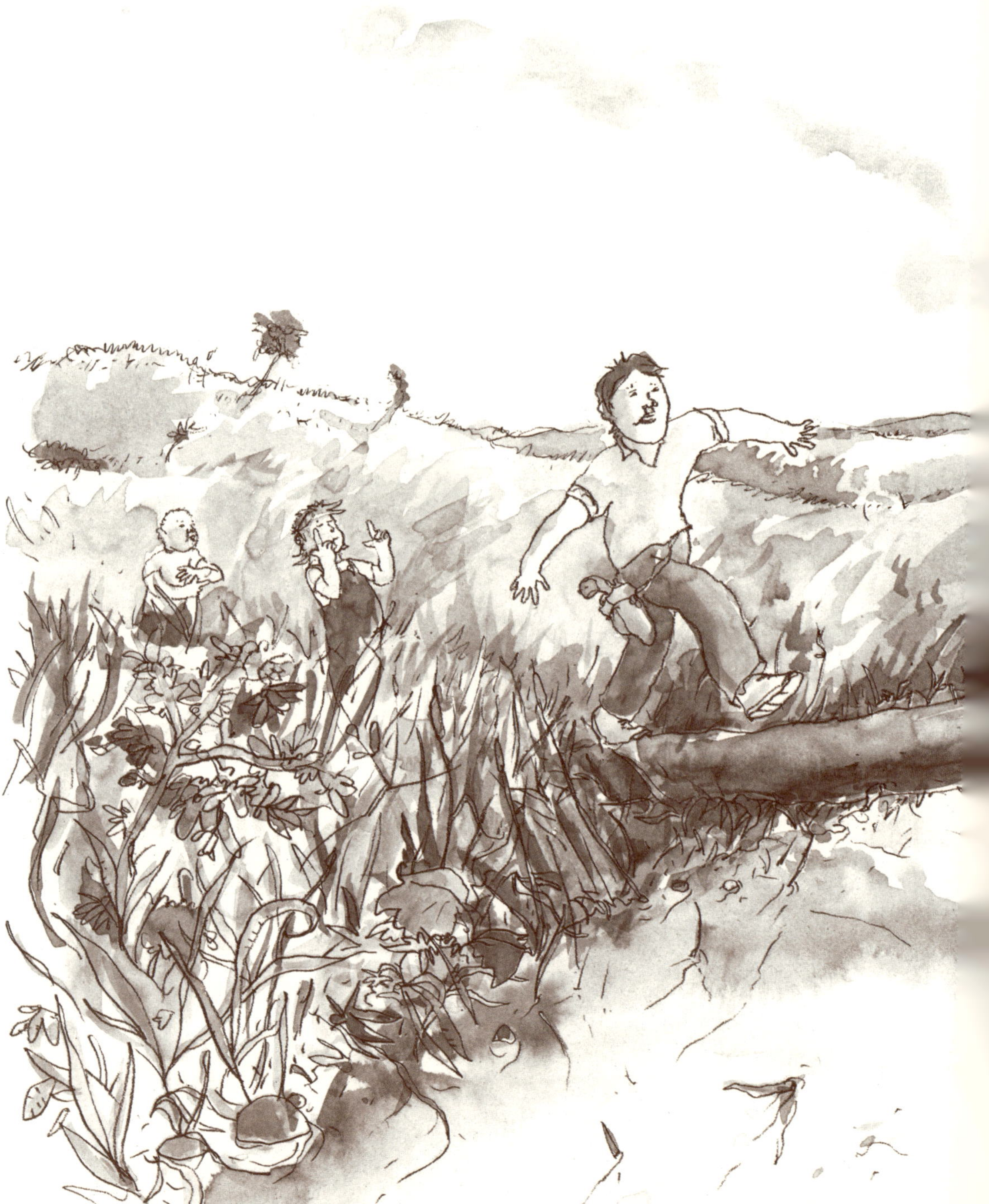

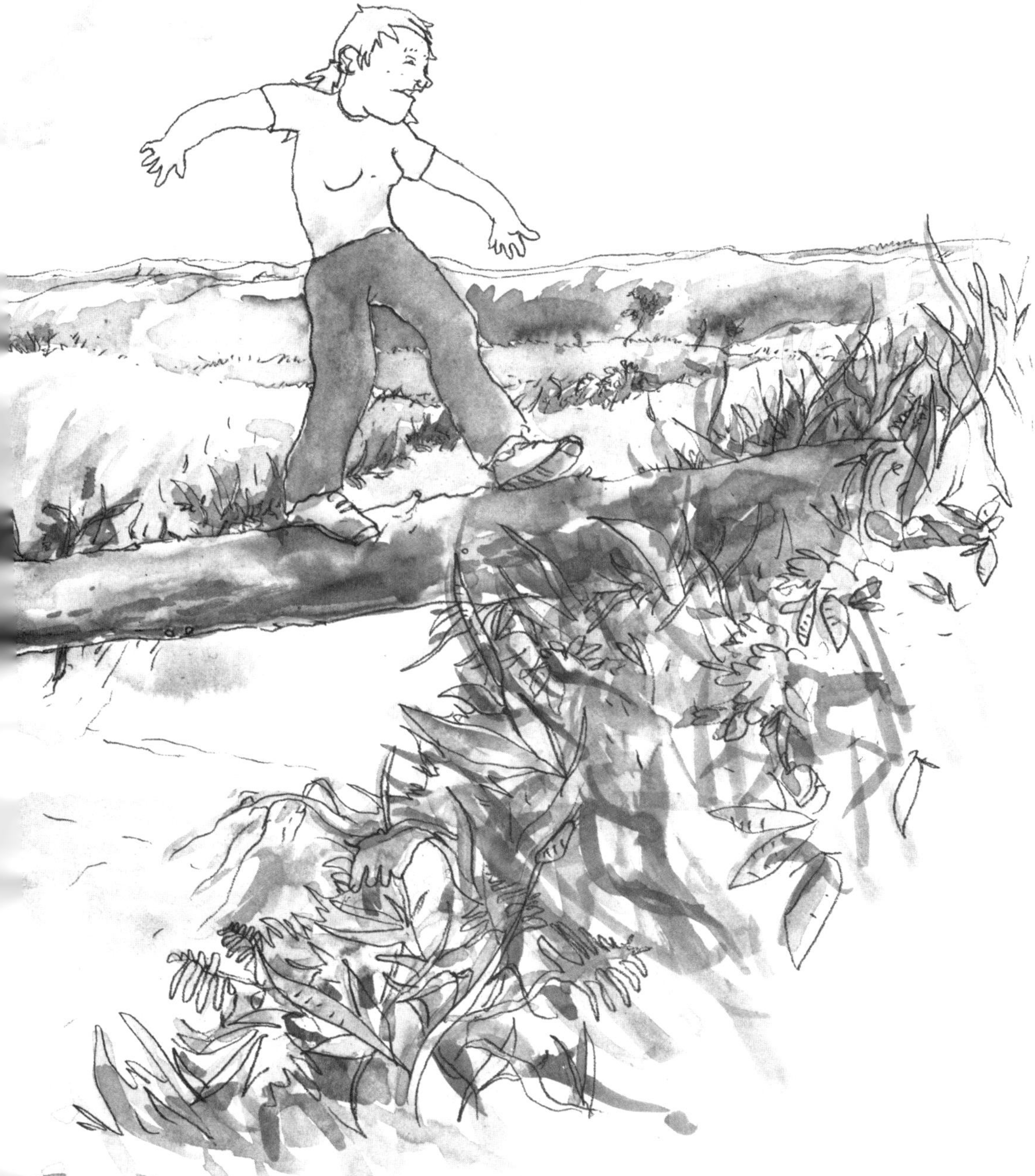

Was liegen hier für komische Dinger 'rum?
Das sind Hülsen von Blendgranaten! Die haben die Russen verballert

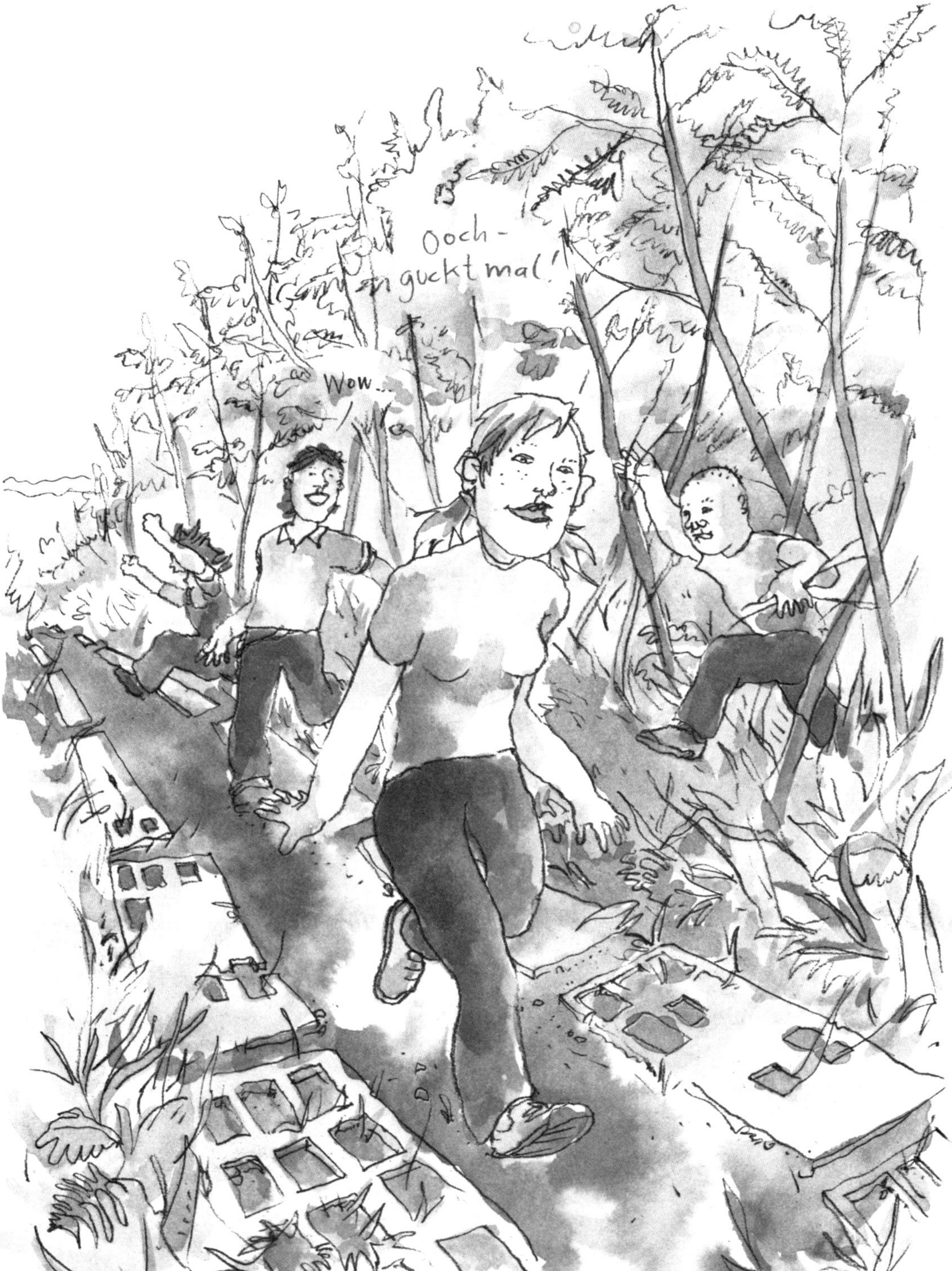
Ooch - guckt mal!
Wow...

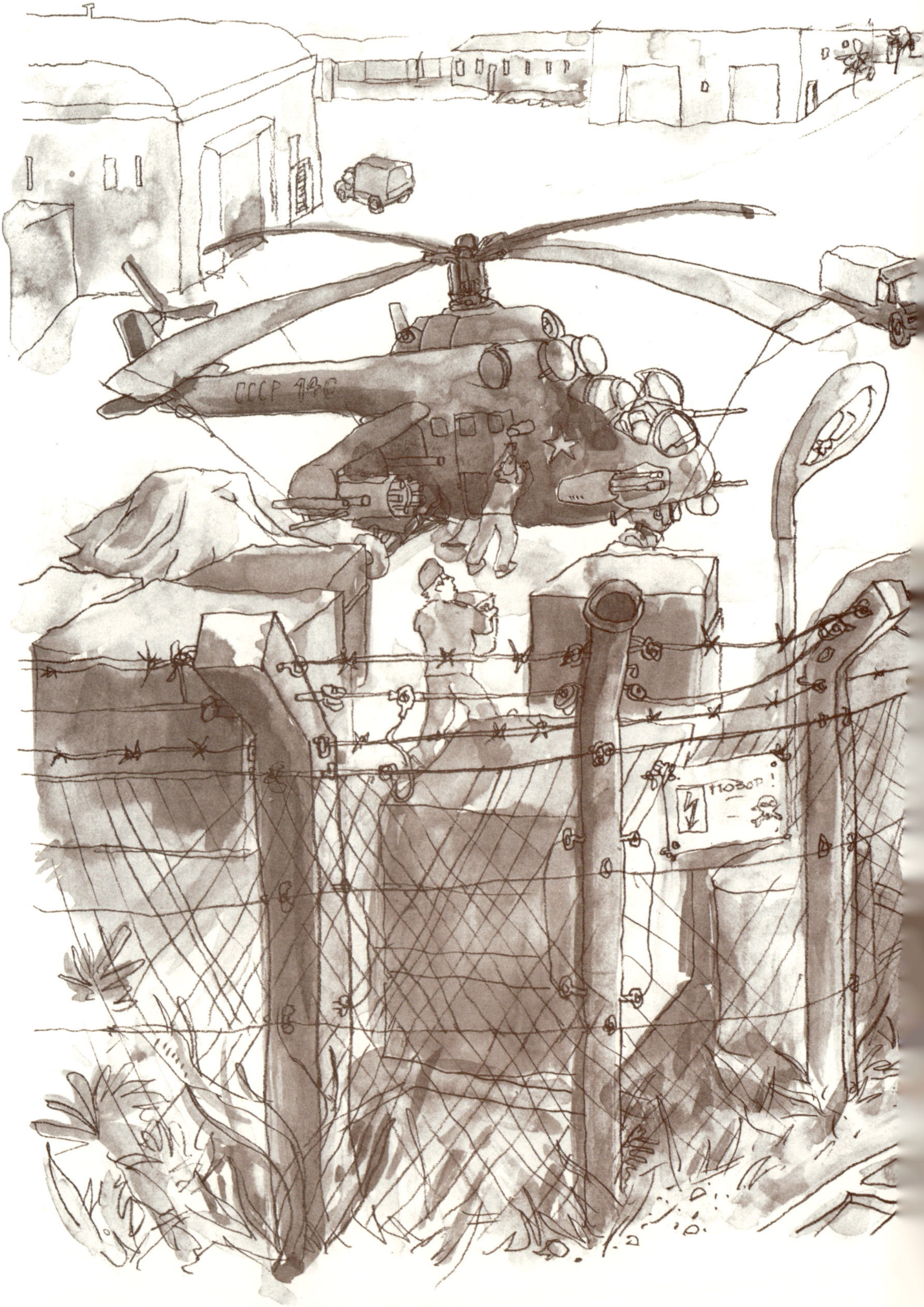
CCCP 14C
ПОЗОР!

Эй, пацан! Руки прочь от ограждения!*

Boa! Der Hubschrauber fetzt ja total ein!

Uwe, Waffeleisen verstecken.

Jaja, bin schon dabei!

* He, Junge! Nimm die Finger vom Zaun!

Habt ihr das gesehen? Der hatte soooo große Flügel!

Wo?
Hei, wen haben wir denn da?
Wen meinst du?

"Unsere sowjetischen Waffenbrüder auf dem Weg zur Jagd!"

"Wo gehen die hin?"

"Zum Krieg spielen!"

„Okay, ich hab einen genau im Ziel!"

„Wo hast du ihn?"

„Uwe, was machst du denn da?"

„Auf'm Kopf!"

„Na, das wird nichts! Die Helme sind aus Stahl. Ziel besser auf die Brust. Welchen hast du eigentlich?"

„Den in der Mitte!"

„Nee, der doch nicht – das ist nur ein Ferienarbeiter! Du musst den Kommandanten nehmen!"

— Hä, wieso den Kommandanten? Der hat doch nicht mal 'ne Waffe...

— Ja, aber er ist der Anführer!

— Wenn du den erledigst, weiß die Truppe nicht, was sie machen soll.

— Hast du ihn?

— Ja, gleich! Ich brauch gar nichts machen. Der Idiot läuft mir einfach in's Ziel 'rein. Soll ich mal abdrücken?

— Nein! Bist du verrückt?

— Ich schieß ihm nur mal vor den Fuß! Mal gucken, was passiert...

Ich werd dir sagen, was passiert:
Die haben Kalaschnikows und werden
dich in einer Sekunde absägen!

Quatsch, wir hauen
vorher schnell ab!

Mann, Uwe! Wie blöd bist du eigentlich?
Das ist eine Besatzungsmacht! Wenn du auf
einen von denen schießt, löst du den dritten
Weltkrieg aus!

Den was? Spinnst du?

Ich mein es ernst!
Die werden denken,
dass du ein amerikanischer
Prowikatör bist. Dann kommt
der Breschniff und schmeißt
'ne Atombombe!

Auf Philadelphia?
Nee, auf deinen Kopf! Weil du so doof bist und in Staatsbürgerkunde nie aufpasst.
Ooch! Als wenn du jemals…

Пистолет на землю и встать смирно!*
* Sofort die Waffe weg und aufstehen!

Я что, не внятно сказал?*

*Hab ich mich klar genug ausgedrückt?

Ich muss mal Pipi!
Стоп, девушка! Не так быстро! *
* Halt, Fräulein! Nicht so schnell!

Los! Weg hier!

Sabine, musste das sein? ...
... Du hast den dritten Weltkrieg ausgelöst!
Стоп, стоять!*
Ich? Wieso ich? ...
... Ihr habt doch mit dem Quatsch angefangen!
*Halt, stehenbleiben!

Мы преследуем тех четырёх подростков! Вперёд, за ними!*
*Wir verfolgen die vier Jugendlichen da vorn! Hängt euch an sie ran!

Ach, du Scheiße – es werden immer mehr! Nehmt die Beine in die Hand...

Нам дали команду "стрелять"! Открыть огонь!*

*Wir haben Schießbefehl! Eröffnet das Feuer!

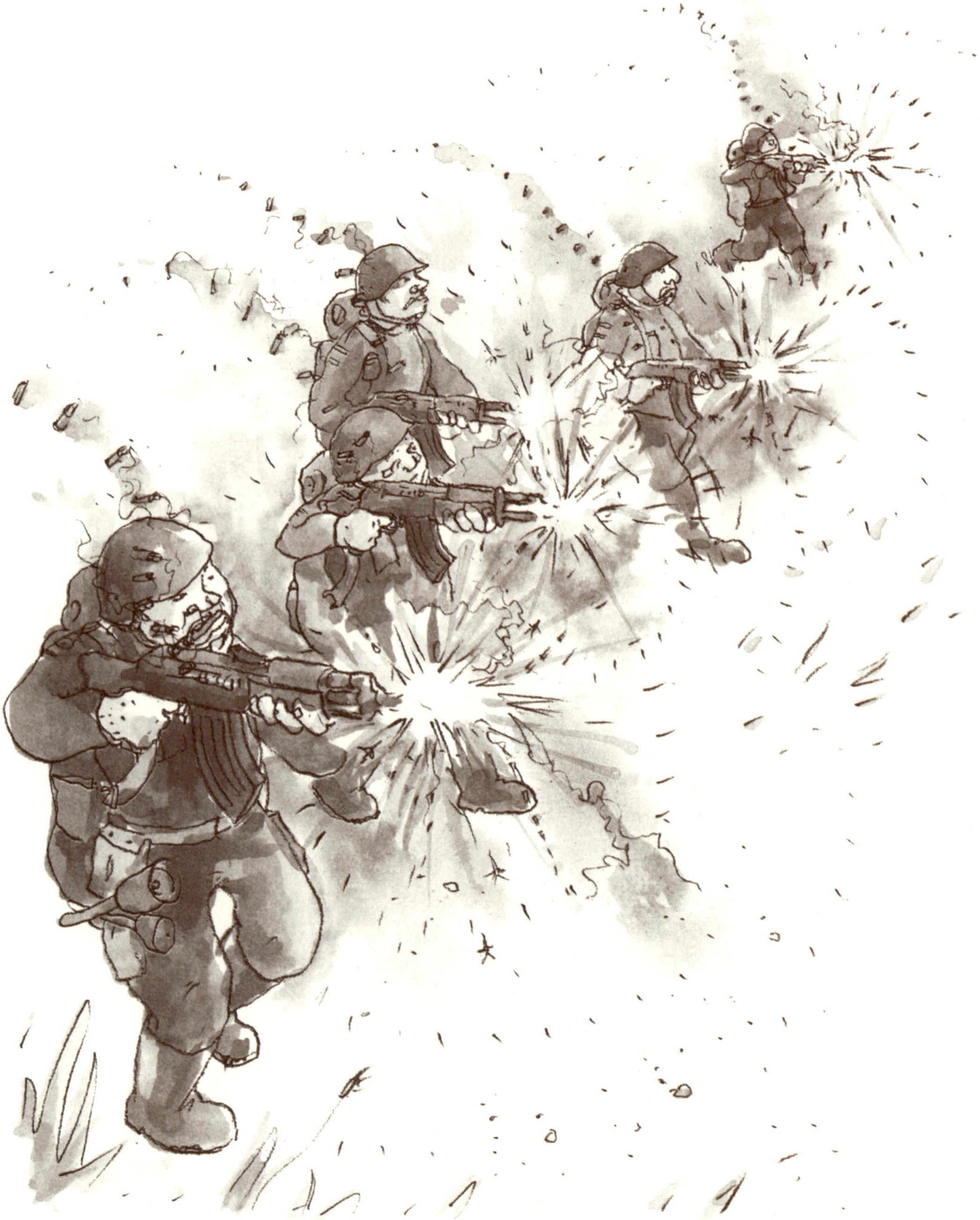

Diese verdammten Schweine! Uwe, jetzt tu doch was – Schieß zurück!
Mit drei Schüssen? Ich bin doch nicht lebensmüde!
Los – da rüber in den Wald!

Was machen wir denn jetzt?
Wir müssen uns teilen!
Nein, ich will nicht alleine …

Und wenn wir die Pistole einfach wegwerfen?
Das geht nicht! Wir haben geschworen, dass wir sie wieder zurückbringen!

Wir können sie ja verstecken!
Ja, aber wie ich die Russen kenne, krempeln die den ganzen Wald um.
Grolf - was hast du?
He, wartet mal! Eins ist komisch.

Was ist los?
... Die ballern wie die Blöden und hier ist noch nicht eine einzige Kugel eingeschlagen.
Jetzt komm endlich!
Ey, können wir das vielleicht später klären?

Mann, na klar! Die schießen gar nicht richtig!
Ha? Was soll das heißen?

Mensch, überleg doch mal: Die können sich doch bei ihrem Manöver nicht gegenseitig totschießen! Das sind nur Platzpatronen!
Und uns haben sie kräftig 'reingelegt!
Na, wenn das so ist, ...

"Äh, was hast du vor?"

"...dann geh ich nochmal hin und bedanke mich für das schöne Feuerwerk."

"Uwe, du willst doch nicht etwa da zurückgehen?"

"Wartet hier auf mich, bin gleich wieder da!"

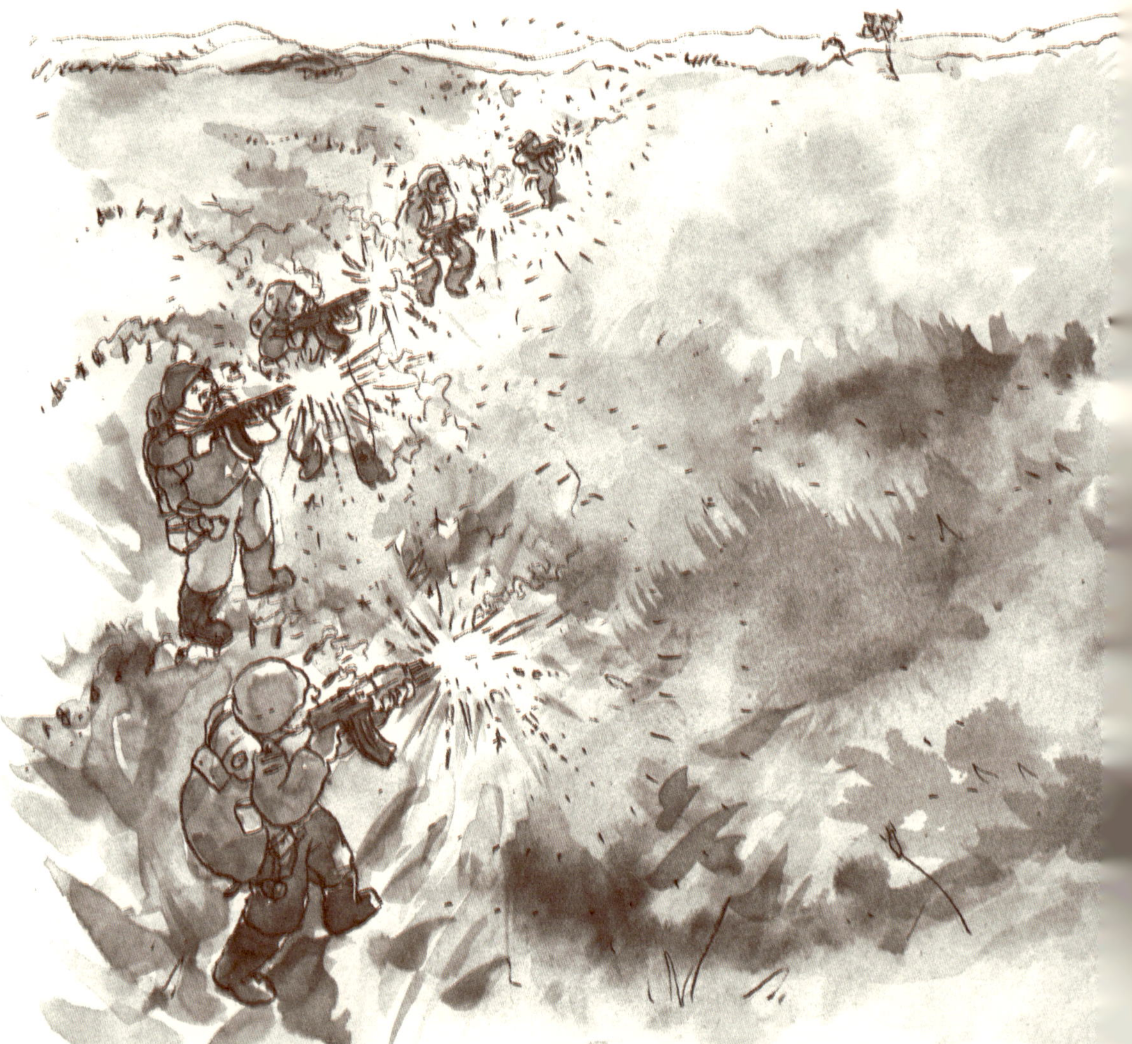

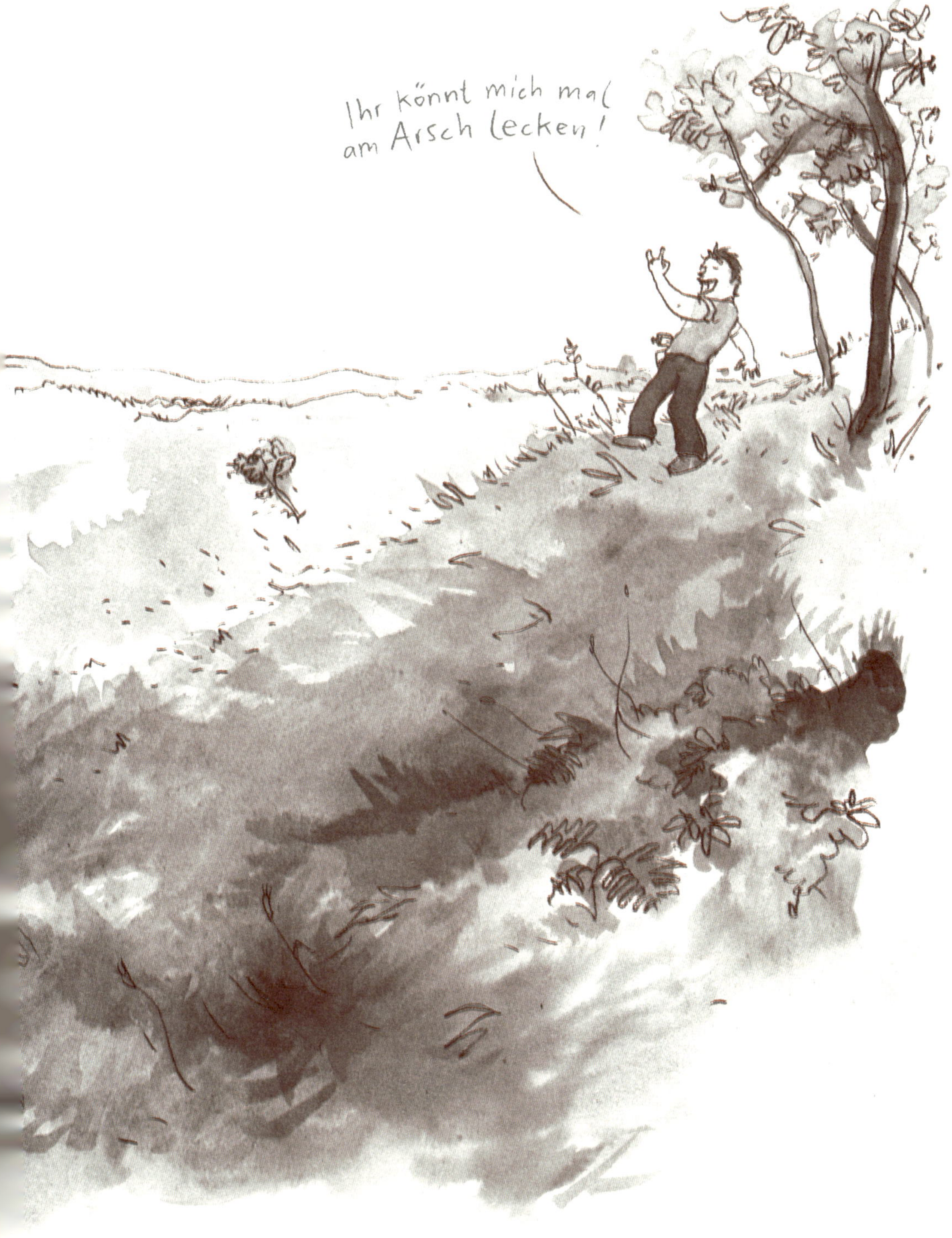
Ihr könnt mich mal am Arsch lecken!

Цель уничтожена! Снимаем позицию!*

*Zielobjekt eliminiert! Wir rücken ab!

Ich lach mich kaputt! Die verkrümeln sich....

Toll, ich habe den dritten Weltkrieg gewonnen!

Mein lieber Scholli, das war ja ein Abenteuer ganz nach meinem Geschmack ...
Ich weiß nicht ...
Ich hatte ganz schöne Angst!
Ach, Sabine - war doch super!

Panel 1:

"Ich fand's echt schau, dass die nicht unsere Pistole gekriegt haben."

"Eingekackt haben sie sich..."

"...und sind weggelaufen!"

Panel 2:

"Ha- können sie mal sehen, wie stark wir sind!"

"Stimmt! Wir haben es gar nicht nötig..."

"...mit einer Knallplätzchen-Pistole herumzuschießen!"

"Unsere Pistole ist nämlich echt! Also, pass schön auf, was du sagst, du blödes Alluiertenpferd!"

"Mensch, Uwe, der versteht dich nicht. Du musst Russisch mit ihm reden!"

"He he - jetzt gibt's Pferdewurst!"

Nix da mit Druschba! Wenn du uns querkommst, dann....

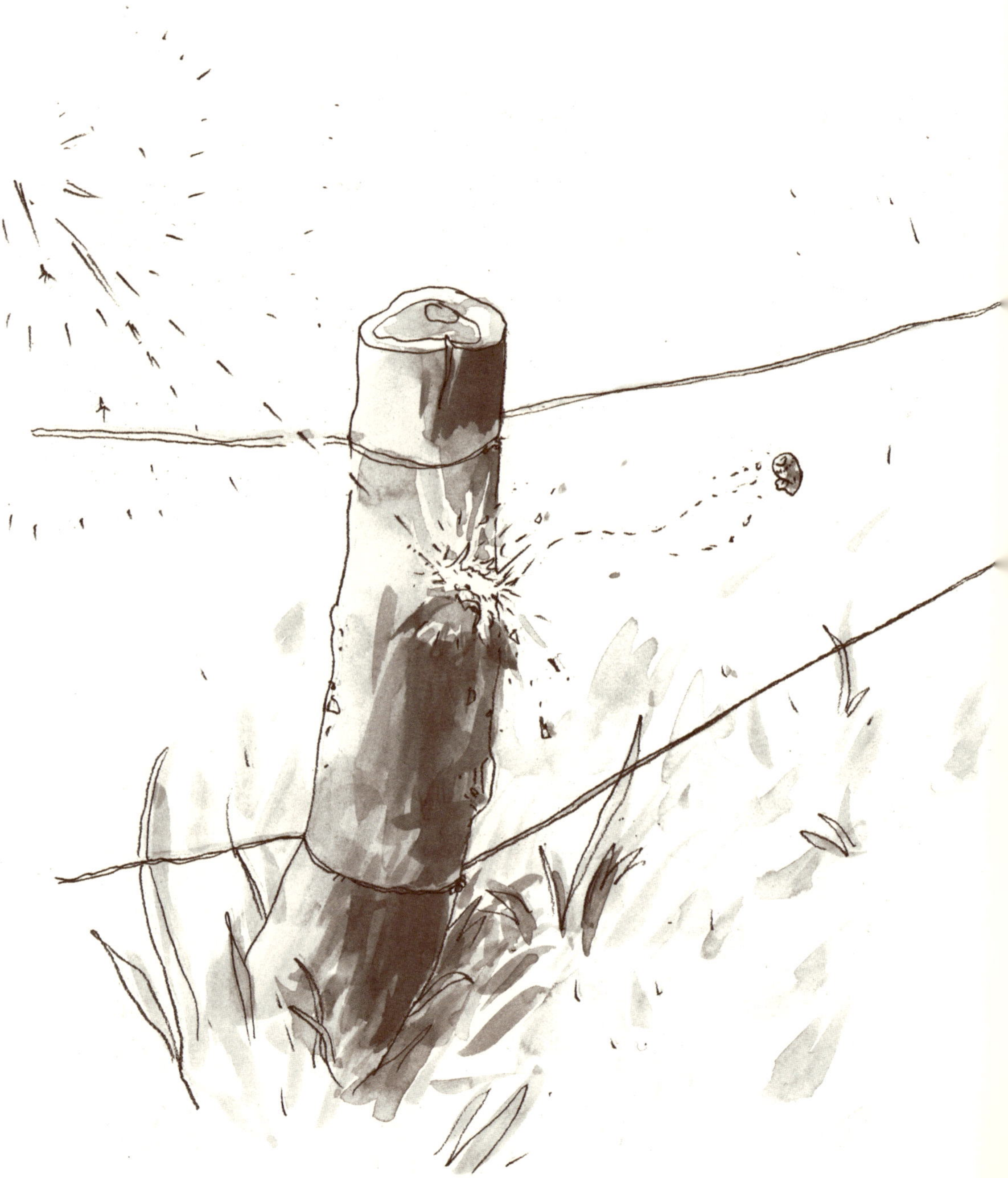

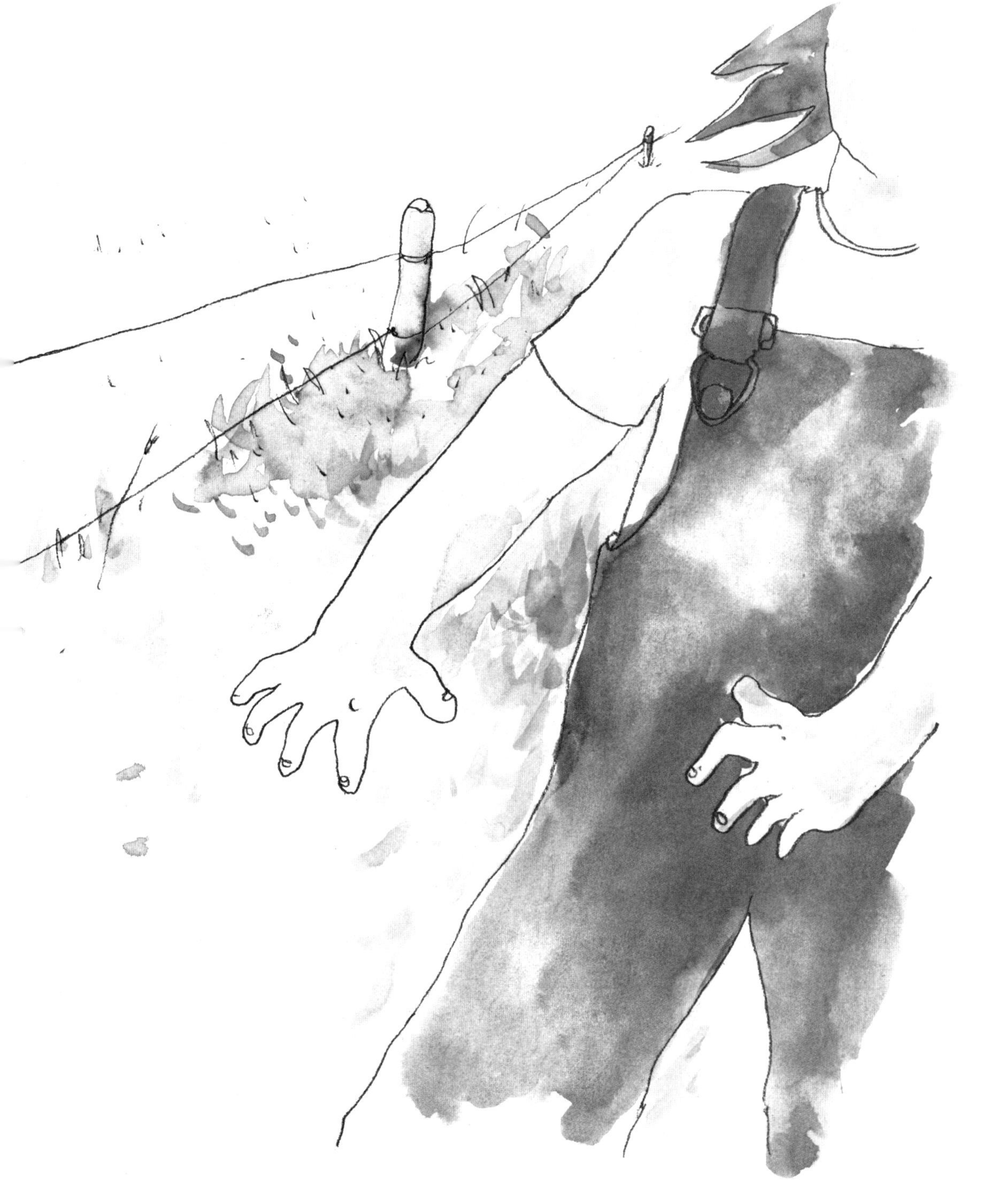

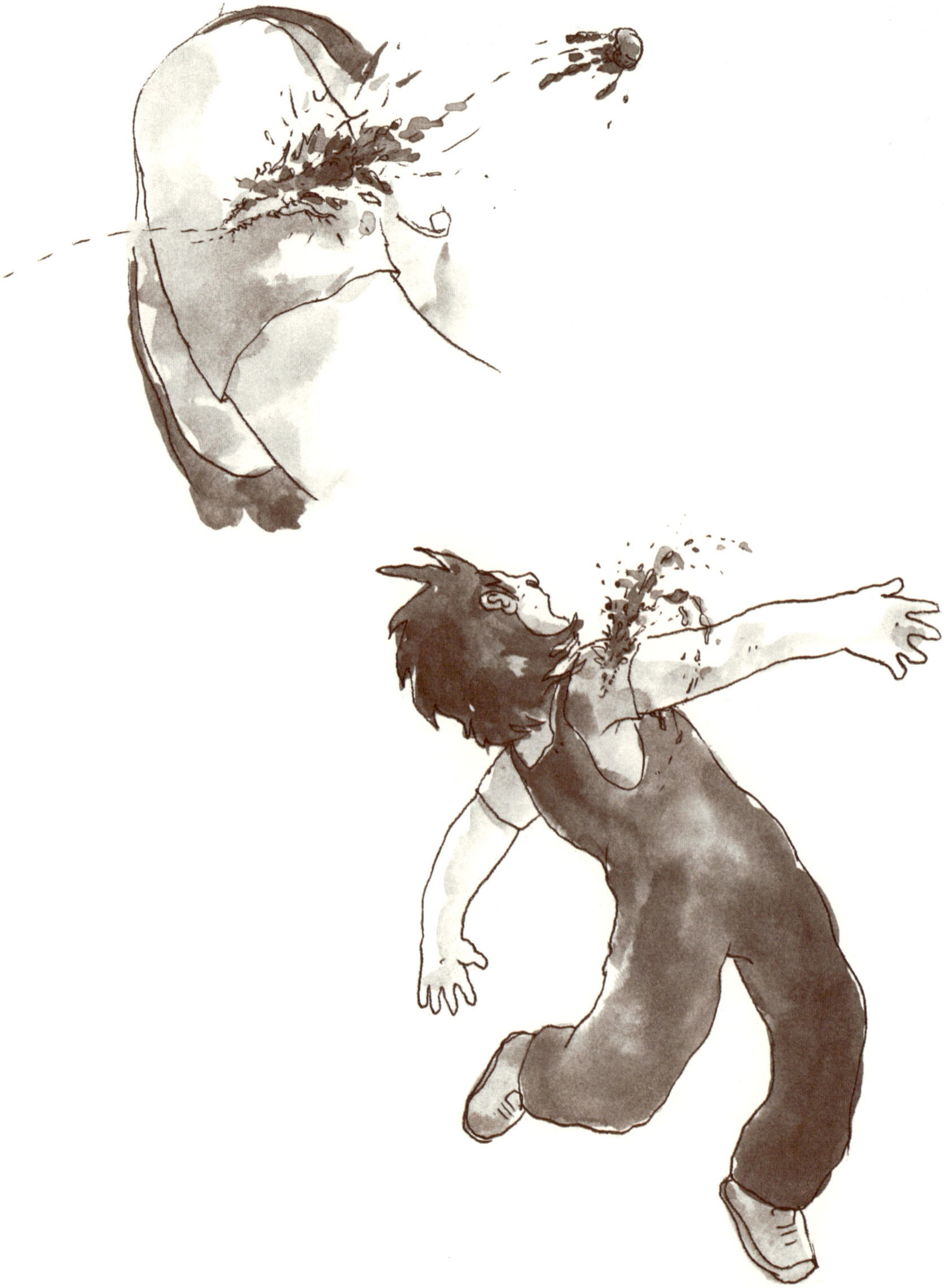

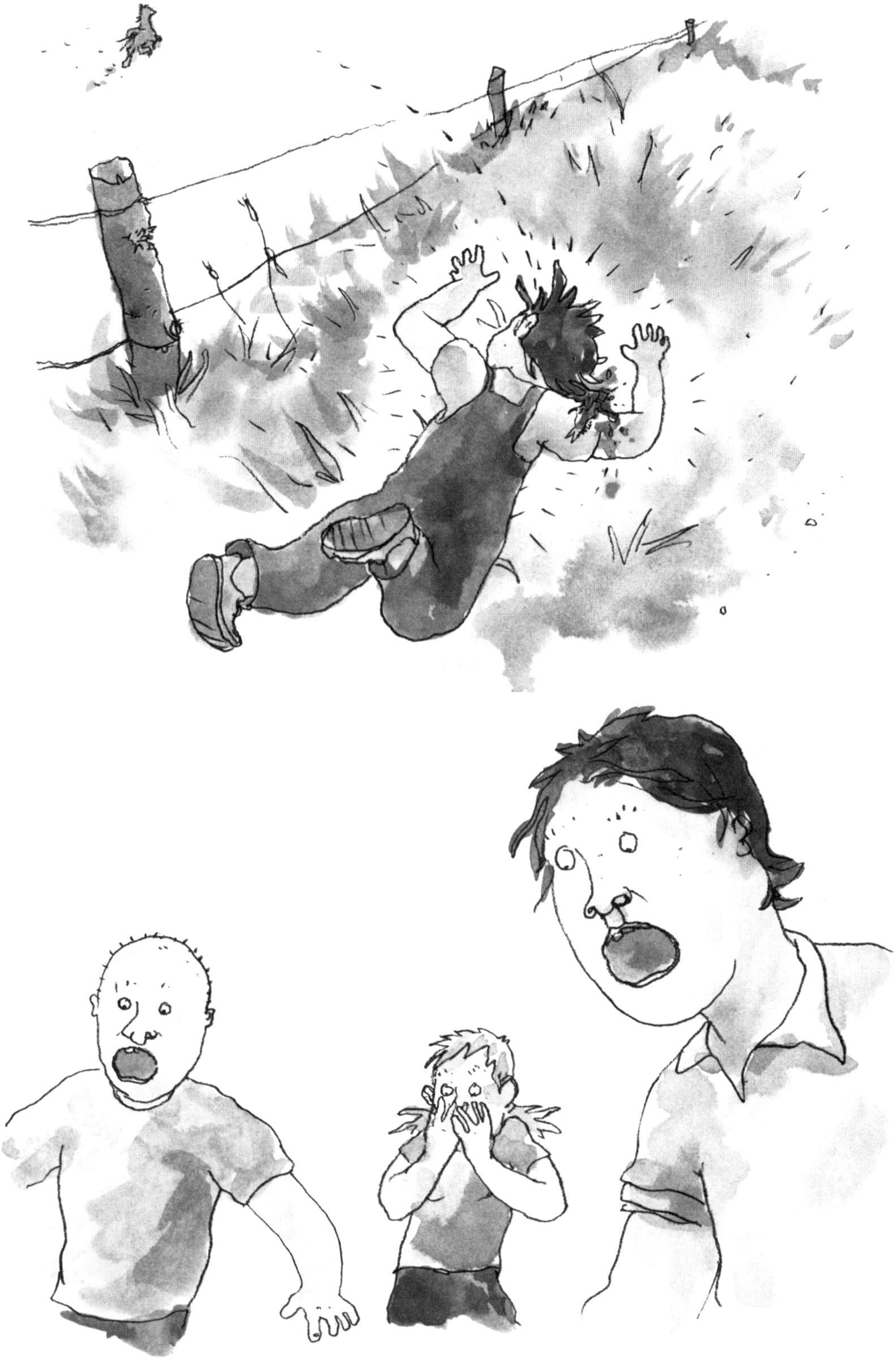

Mamaaa!

"Sag mal, hast du noch alle? Du erschießt noch deinen eigenen Bruder!"

"Oh, Gott, mein kleiner süßer Alex! Das wollte ich nicht..."

"Los, wir brauchen 'was zum Verbinden!"

"Glück gehabt - sauberer Streifschuss!"

"Warte, ich reiß mir den Ärmel ab."

"Guck mal, Kleiner: Und schon ist das Ärmchen wieder angeklebt."

"Is' nur 'n Kratzer. Haste morgen wieder vergessen..."

"Das tut mir wirklich leid. Ich hätte besser aufpassen sollen."

So, hört mal zu, Jungs! Ich hab die Schnauze voll von eurer blöden Pistole. Ich schlage vor, dass wir sie wegwerfen!
Wer ist noch dafür?

Ich bin dafür, dass wir sie behalten. Sie ist nicht schuld - das Pferd war's!

Mann! Ich fass es nicht...
Ich bin auch dafür!
Ich auch! Es sind doch nur noch zwei Schüsse drin...
Aua...

Okay - ihr scheint ja sehr an eurem Spielzeug zu hängen. Aber dann nehme ich es jetzt, bevor noch etwas Schlimmes passiert ....

Geht's wieder?

Geht so...

DER FÜNFTE SCHUSS

"Los, wir gehen da an den See!"

NACH DIESER GESCHICHTE WAR DIE STIMMUNG ZIEMLICH GEDRÜCKT. ICH FÜHLTE MICH ECHT ELENDIG, WEIL DAS GANZE AUCH SEHR VIEL ANDERS HÄTTE AUSGEHEN KÖNNEN.
ICH VERFLUCHTE DAS SCHEISSPFERD, ES HÄTTE ES BESSER WISSEN MÜSSEN. ES IST SCHLIESSLICH VIEL KLÜGER ALS DER VOGEL!

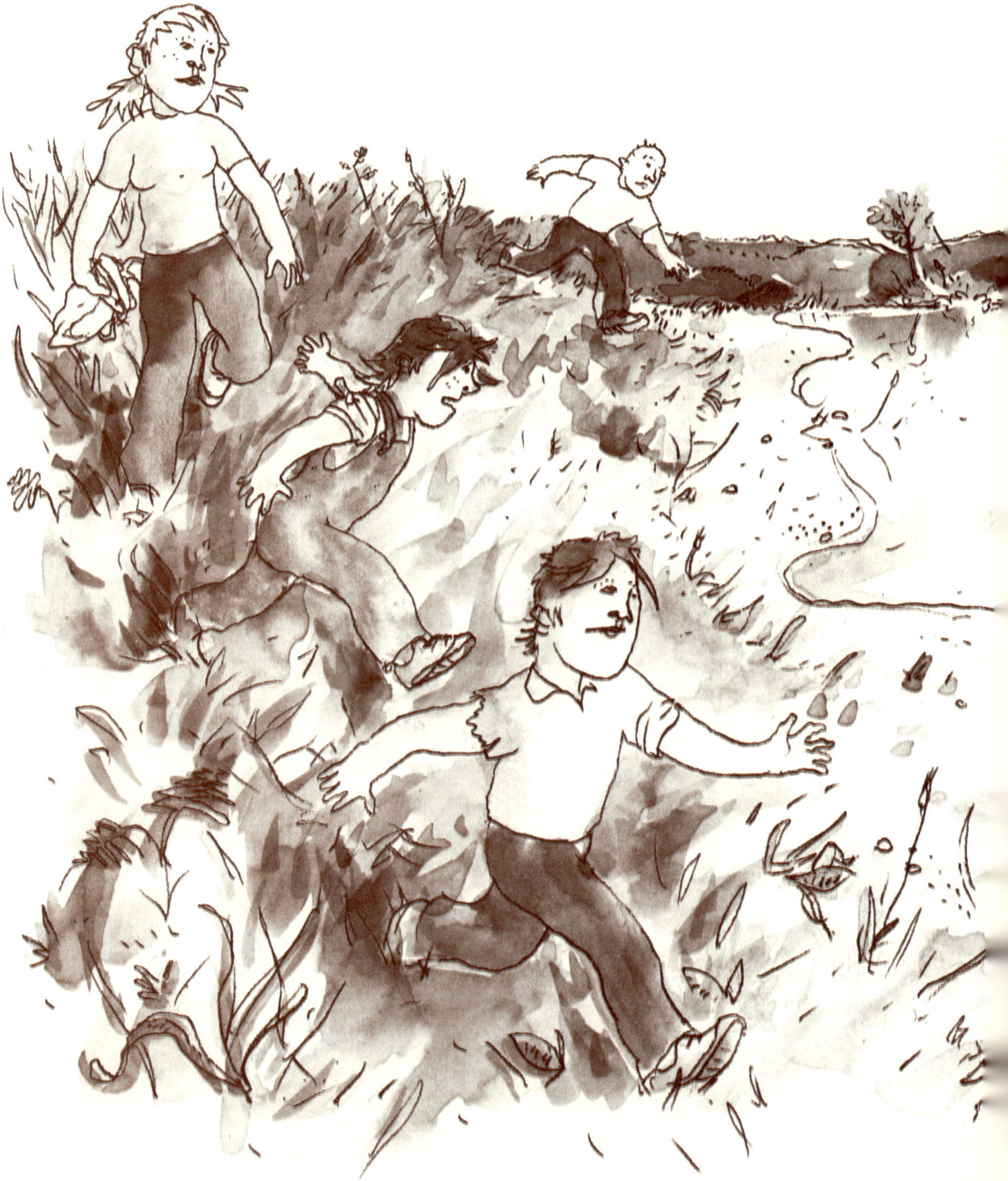

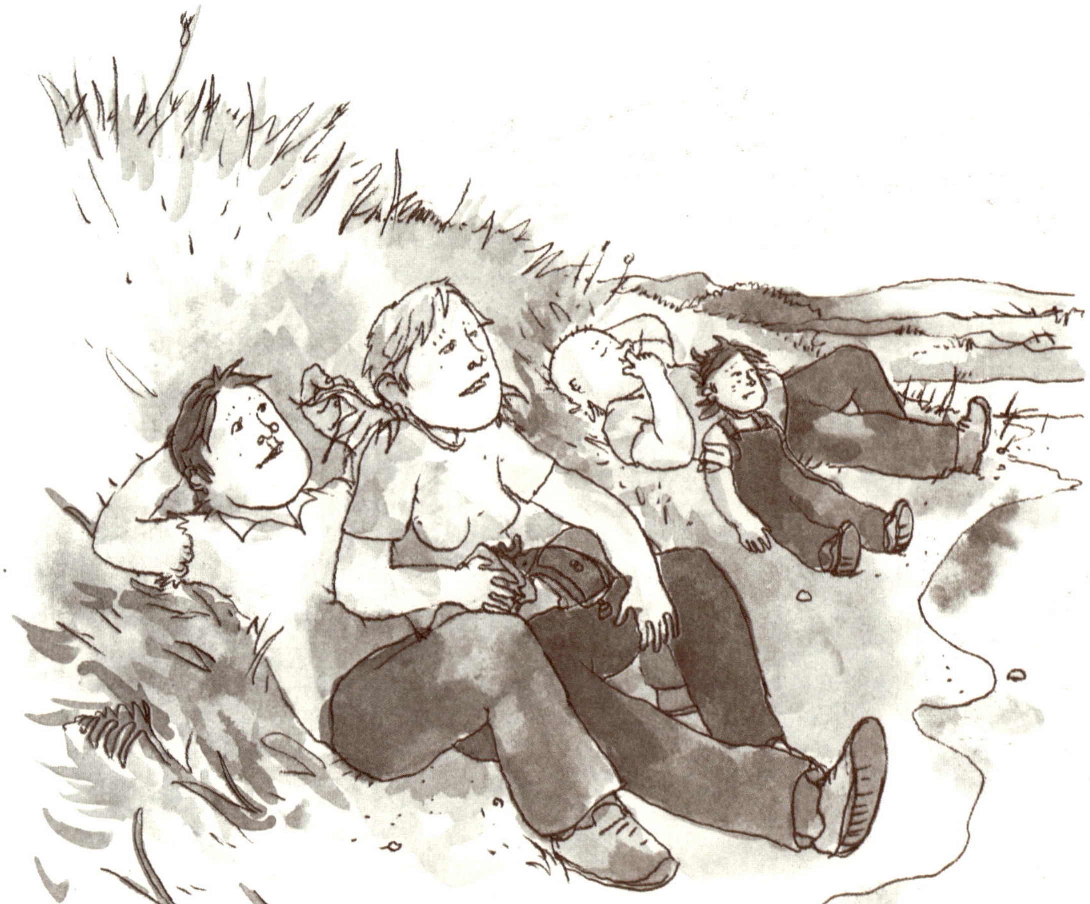

Wie funktioniert so ein Ding eigentlich?

Explosionsdruck! In der Trommel sind Patronen mit Sprengstoff. Durch den kleinen Hammer werden sie gezündet und dann - Bumm! - die Kugel wird aus der Hülse gepfeffert und durch den Lauf gejagt...

Grolf, du alte Sau - du hast mir grad deinen Popel ins Gesicht geschnipst!
Oh, entschuldige bitte...
... Meine Güte, das ist ja heut schon dein zweiter Treffer!

Aha, und wie zielt man damit?
Du musst den Schlitz mit dem Pups verbinden!

Hä? Was muss ich? Das versteh ich nicht...
Hach, Frauen und Technik! Was soll man dazu noch sagen?

„Pah, du Blödmann – dir werd' ich was husten!"

„Ich bin echt froh, dass ich 'ne Frau bin! Mir würde das nämlich tierisch auf den Keks gehen,"...

...wenn ich immer so'n Gebammel zwischen den Beinen hätte!

He, du da! Mach mir einen doppelten Whiskey und bring mein Pferd in die Garage - aber'n bisschen plötzlich!

Und wisst ihr, warum ich noch kein Mann sein will?
Weil ich nicht so stinken will wie ihr!

Au weia, ich stinke wirklich...
Wer zuerst im Wasser ist, hat gewonnen!

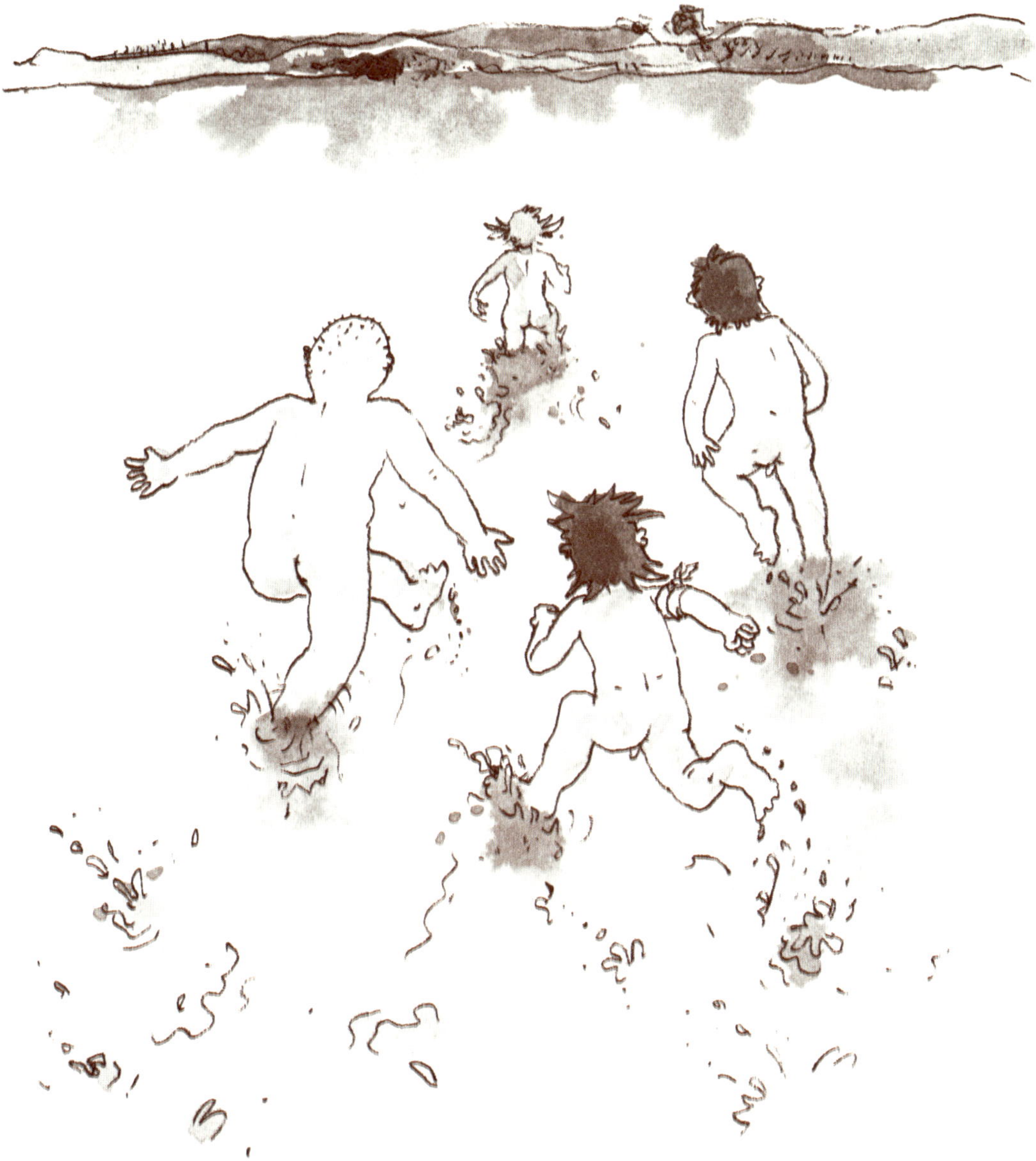

Achtung! Feindliches Schiff nähert sich...

„Bleib, wo du bist, sonst schieß ich einen Torpedopopel auf dich!"

He Cowboy, komm mal her!

Hast du deine Pistole schon sauber gemacht?

Mmmh, die fühlt sich viel besser an als eure komische da....

Sabine, hör auf! Die beiden können uns sehen...

Ach, die sind beschäftigt!

Und deine Pistole? Zeig mal her!
Ich-ich hab doch keine Pistole!
Sondern?
Ich hab eine ...

... Bonbontüte!

"Los, heb mich mal ein Stück hoch!"

"Was hast du vor?"

"Jetzt stell dich nicht so an! Ich muss mal was gucken..."

"He! Was war das?"

"Ich weiß nicht! Es kam von da drüben, vom Ufer..."

KRACK!

DAS GERÄUSCH KLANG SO, ALS WÄRE JEMAND MITSAMT DEM AST VON EINEM BAUM HERUNTERGEKRACHT UND AUF DIE ERDE GEPLUMPST.

ES WAR TOBIAS.

UND NICHT NUR DAS: ES WAR TOBIAS MIT HERUNTER-GELASSENER HOSE! ANSCHEINEND HATTE UNS DIE SAU DIE GANZE ZEIT BEOBACHTET UND SICH DABEI... NAJA, ICH WILL GAR NICHT WISSEN, WAS....

Ey, Jungs! Tobias schleicht hier 'rum. Er versucht, zu türmen. Schneidet ihm den Weg ab!
Du verdammtes Arschloch! Das ist jetzt schon das zweite Mal...

Jetzt drehe ich dir den Hals um!

Ach, Scheiße -
ich hab ja....

Na, den Gefallen
tu ich dir bestimmt nicht,
du blöder Spanner!

Haltet das Schweinfest! Ich komme!

Aaaah!

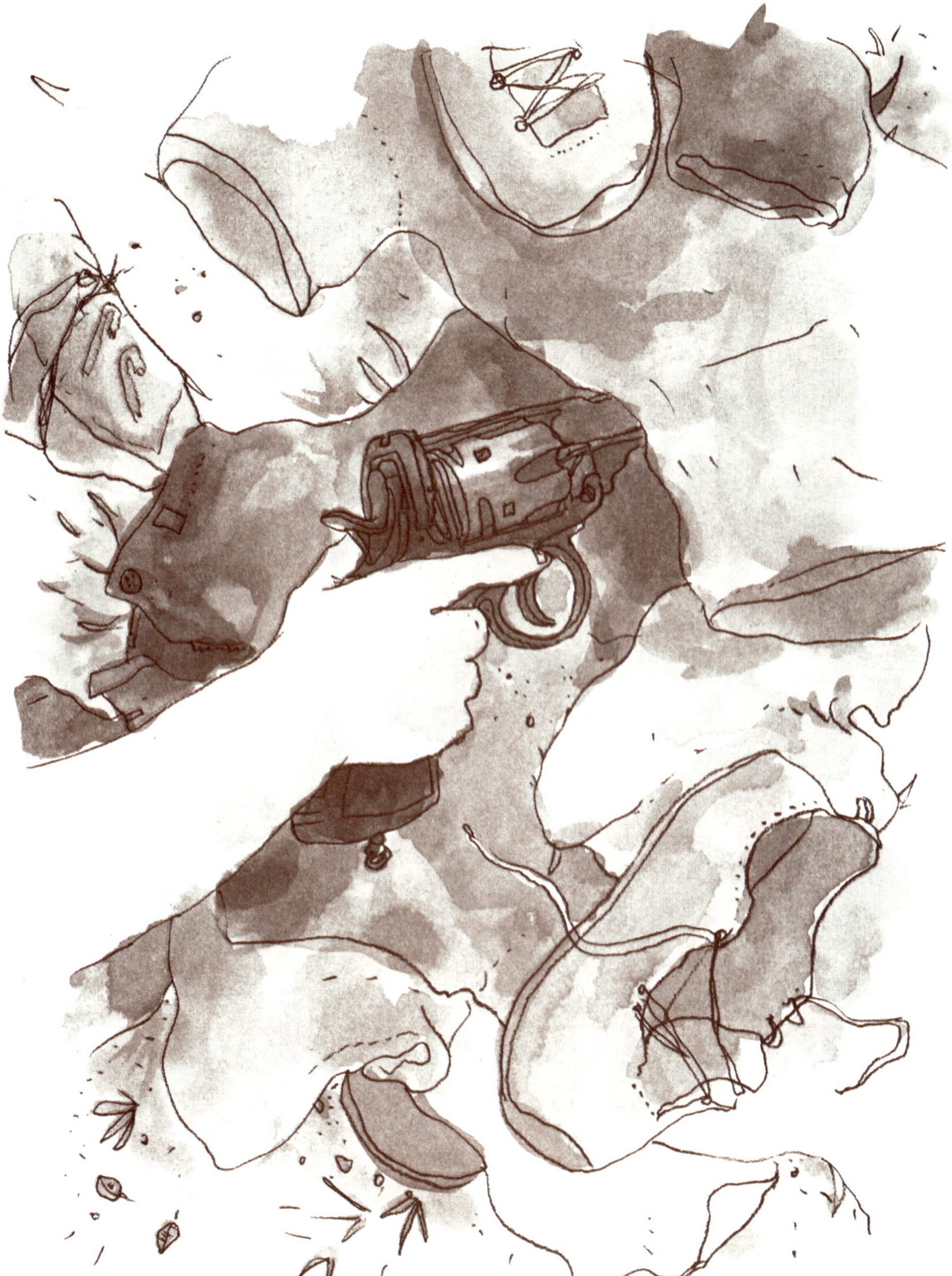

Äh, Sabine-
ich dachte,
du....
Lass mich!
Bei dem Arschloch
zählt das nicht.

So-du sagst mir jetzt, was du auf dem Baum gemacht hast!
Nichts...

Lüg mich nicht an!
Ich... ich fands so schön, wie du gebadet hast...

Aha! Und das war wohl besonders geil, oder was? Weißt du, was man mit Typen wie dir macht?
Bitte nicht schießen!

Grolf, jetzt halt mal den Schnabel! Ich bin doch nicht blöd, nur weil ich 'ne Frau bin..
Du musst mit der Pistole bitte etwas vorsichtiger sein...

Typen wie dir verpasst man einen kleinen Denkzettel und schießt ihnen die Eier weg!
Nein...!
Doch!
Also los - geh in's Wasser!

Mit Sachen?
Mann - natürlich mit Sachen!
Wenn ich dir in die Eier schießen will, heißt das nicht, dass ich sie auch sehen will!

Muss das denn sein? Er hat sich doch nur mal einen runtergeholt!
Er wird verbluten, wenn du ihm in die Eier schießt.
Ja, aber er hat sich auf mich einen runtergeholt!
Na, um so besser, dass ich ihn ins Wasser geschickt habe. Da macht er nicht so viel Dreck!

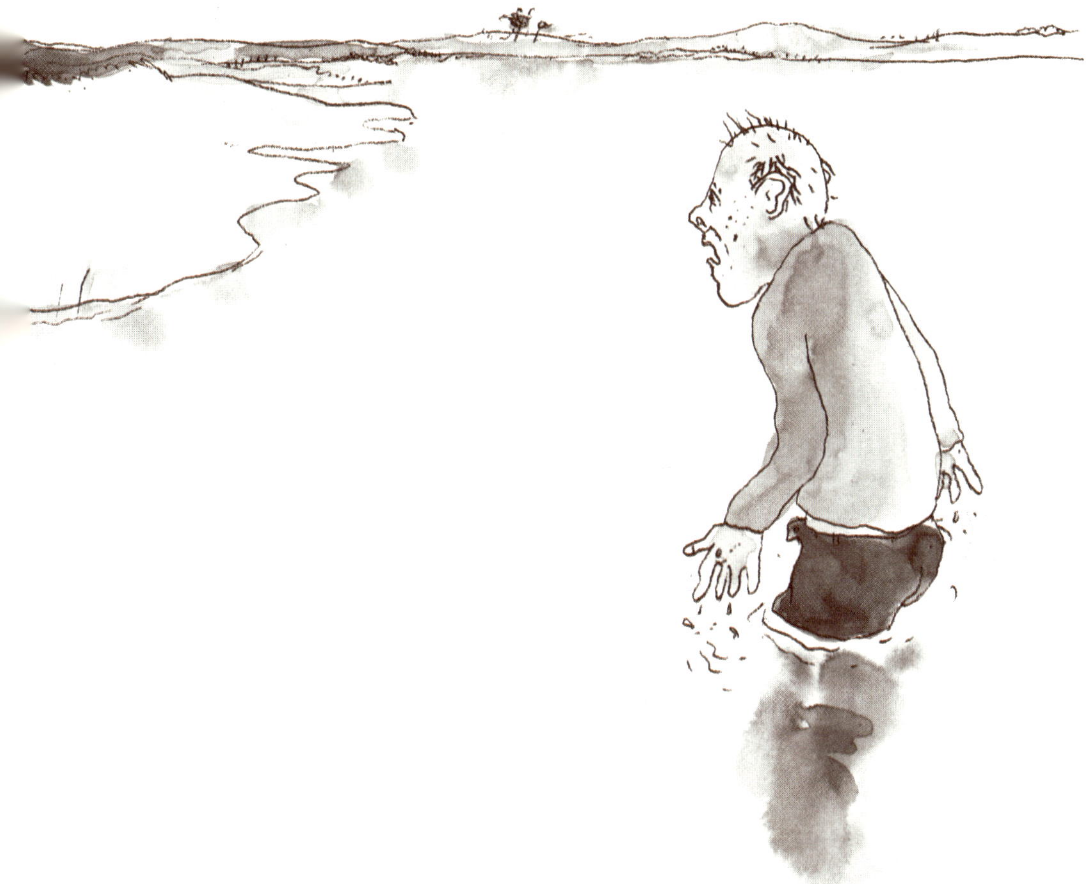

Ich würd's nicht machen...
Du weißt doch gar nicht, wie man mit dem Ding überhaupt zielt ....

Sabine,....
....ich liebe dich doch!

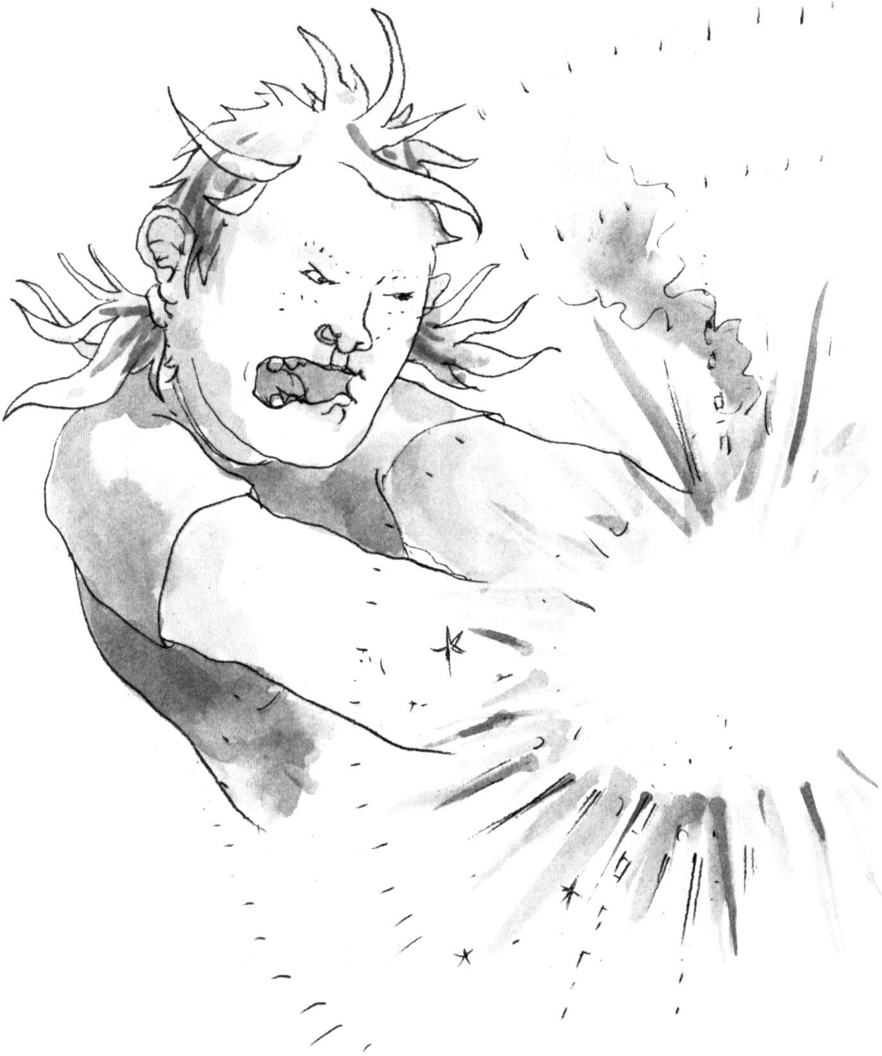

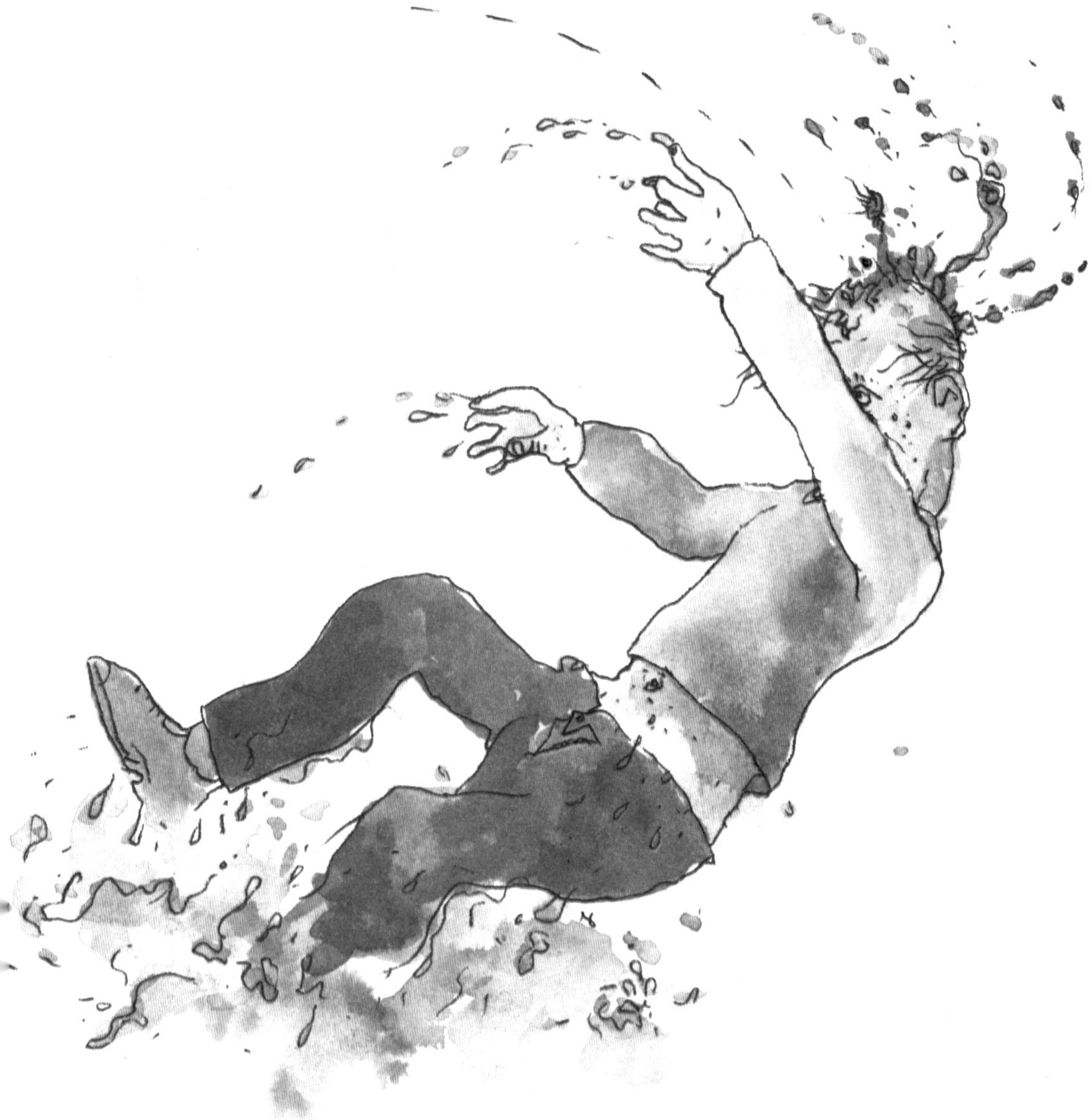

Hab ich getroffen?

"Komisch, er kommt gar nicht wieder hoch!"

"Ich glaube, irgendwas ist an seinem Kopf..."

"Los! Wir müssen hier ganz schnell verschwinden!"

Mann, Sabine! Jetzt mach doch mal!

Zieh deine Hose an!

Er... er ist jetzt schon so lange unter Wasser...

Hoffentlich ertrinkt er nicht!...

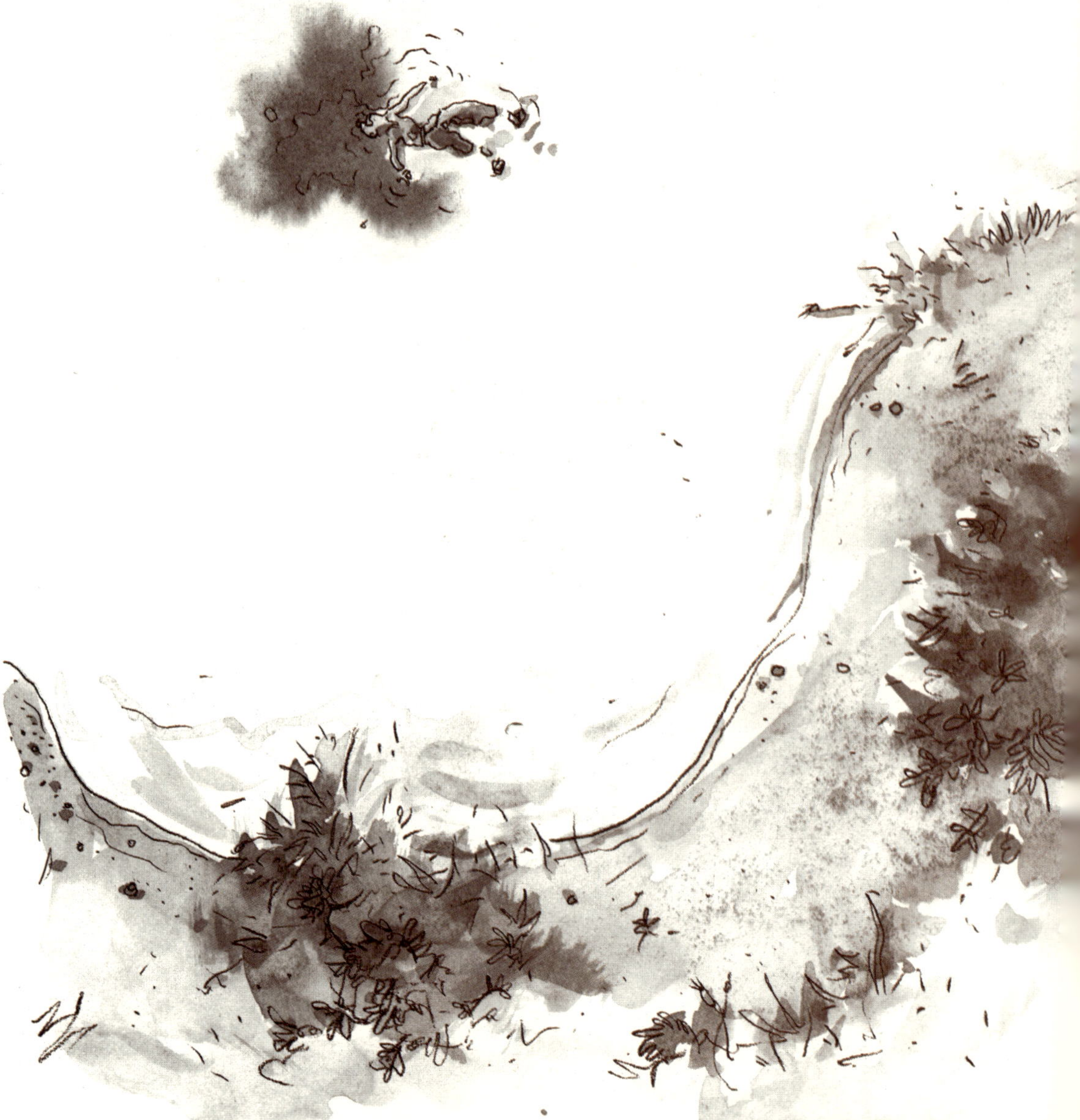

Es war Notwehr!

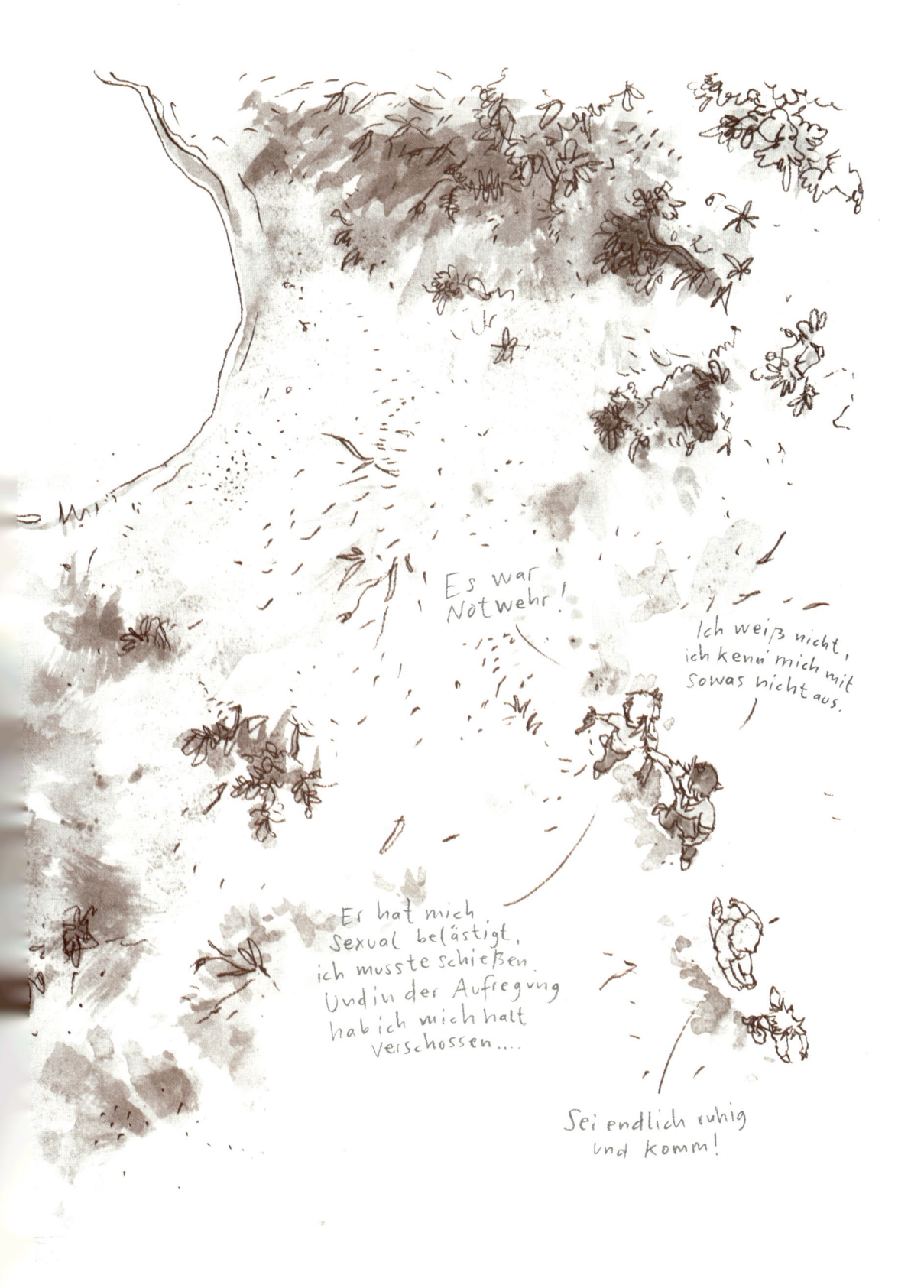

Ich weiß nicht, ich kenn' mich mit sowas nicht aus.

Er hat mich sexual belästigt, ich musste schießen. Und in der Aufregung hab ich mich halt verschossen....

Sei endlich ruhig und komm!

DER SECHSTE SCHUSS

So war das damals an dem Tag im Sommer 1980, als wir den vorletzten Schuss aus unserer Pistole abfeuerten. Ich kann Sabine gut verstehen. Vielleicht hätte ich es an ihrer Stelle genau so gemacht. Nur eben, dass der Schuss etwas danebenging, einen halben Meter vielleicht. Tobias hatte Pech, dass sich genau dort sein Kopf befand. Natürlich war im ersten Moment der Schock ziemlich gross. Aber komischerweise fanden wir uns schnell damit ab. Viel schlimmer waren die Vorwürfe, die ich mir noch ewig wegen Alex' Streifschuss anhören musste.

Was Tobias betrifft: Niemand hat sich wirklich Gedanken um seinen Tod gemacht. Er hatte ja, glaube ich, nicht mal Angehörige oder so etwas. Alle waren der festen Überzeugung, dass es ein Querschläger von den Russen gewesen sein muss. Ganz ehrlich: Viele haben es kommen sehen, dass es den Trottel irgendwann mal ganz blöd erwischt!

Wir wurden also für unseren Schuss am See nie belangt – bis heute. Die Waffe haben wir verschwinden lassen, obwohl sich noch die letzte Patrone in der Trommel befand. Eigentlich haben wir damit unseren Schweineschwur gebrochen, aber uns war die Sache einfach zu heiss geworden!

Wir schreiben das Jahr 2006, in Philadelphia.

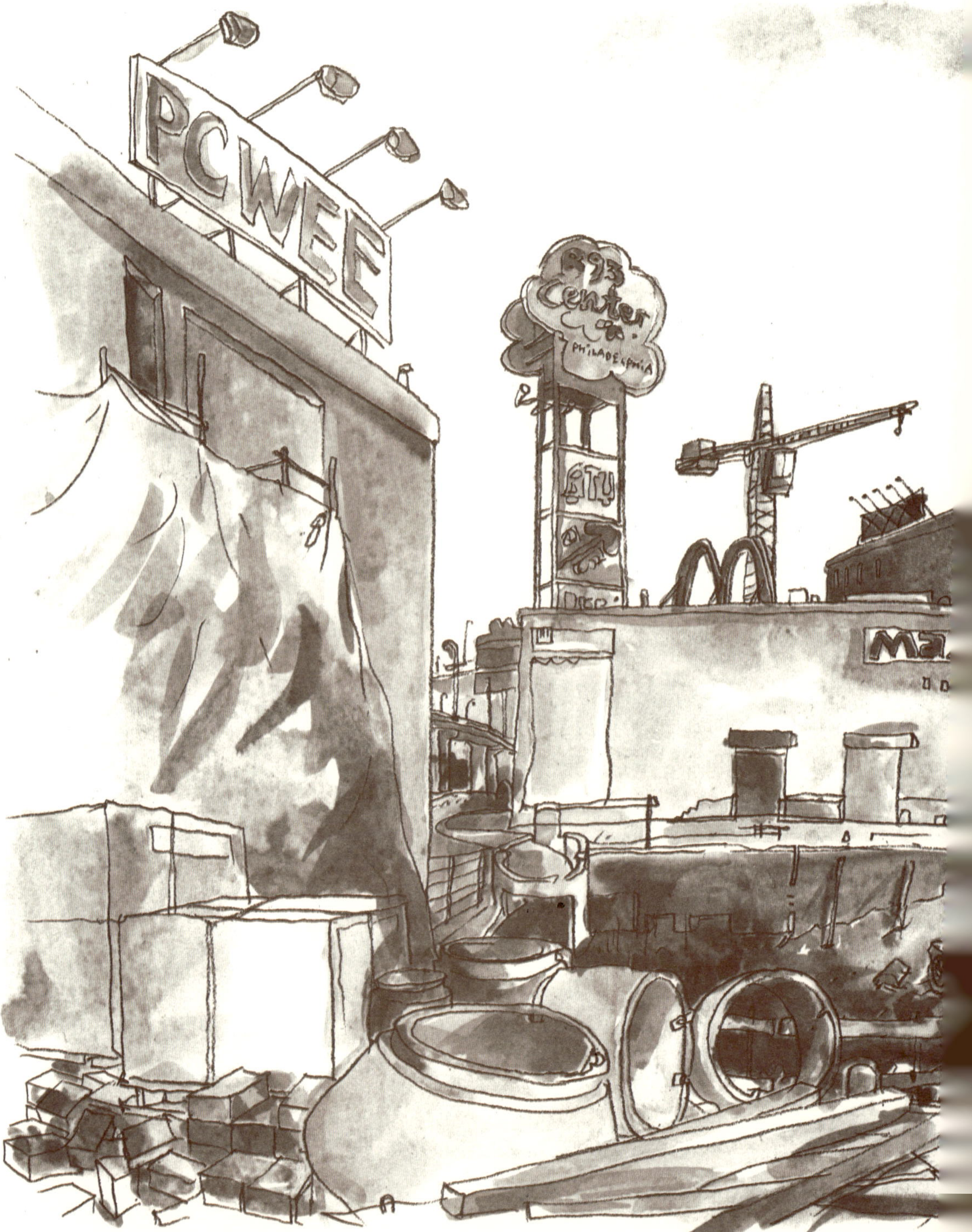
PCWEE
Center
PHILADELPHIA

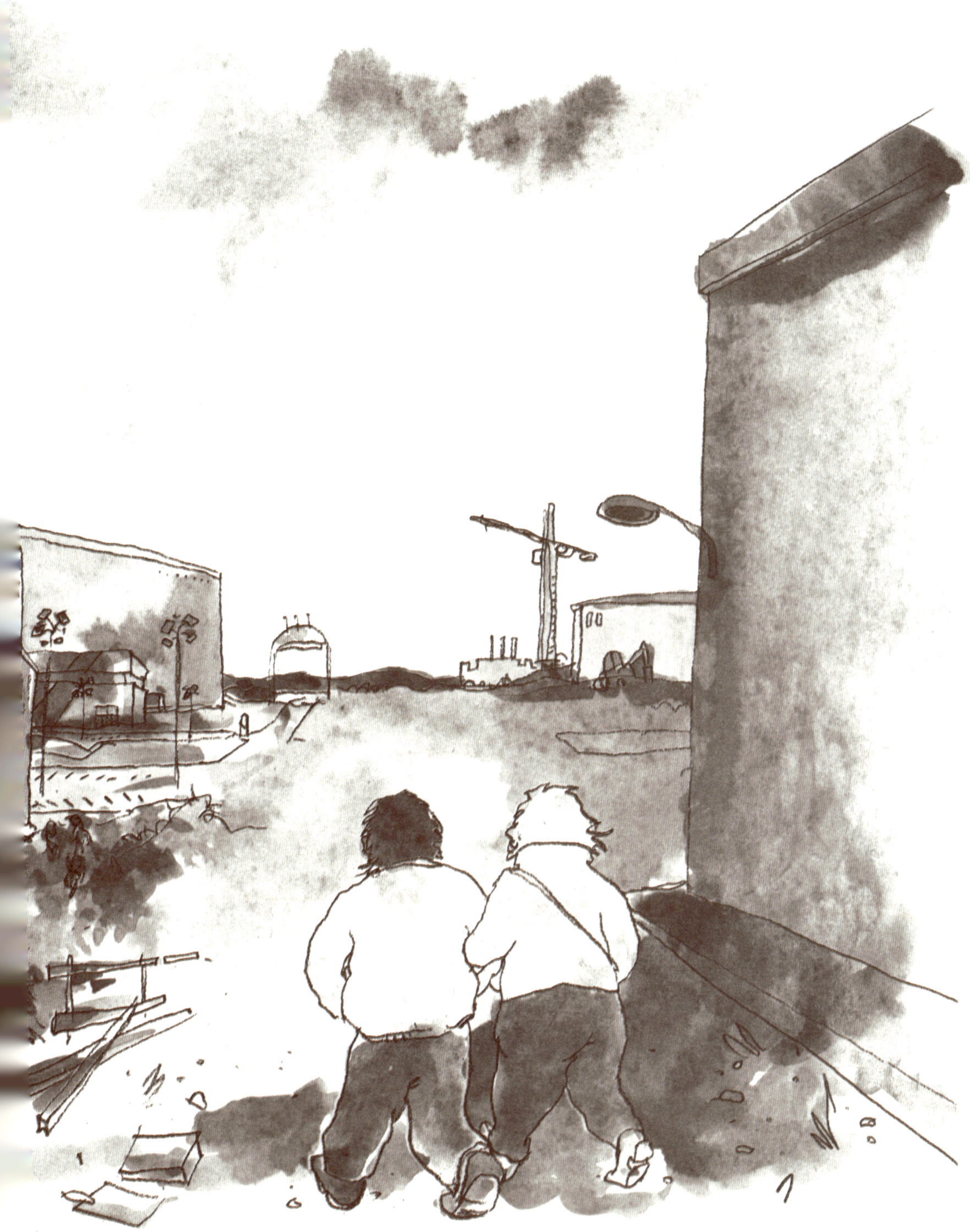

— Guck, dieses Möbelhaus haben wir gebaut!

— Hinten gibt's noch eine Zufahrt für die LKWs!

— Und hier in die Grube kommt eine Tiefgarage!

— Aha...!

— Hat eine Partnerfirma von uns gemacht....

.... obendrauf soll noch ein Supermarkt!

Also, ich weiß nicht, ...
... irgendwie finde ich es hässlich!
Naja, wenn ich ehrlich bin ...
Aber man kann ja nicht sein Leben lang Mohrrüben verkaufen.
Was haben die kids hier eigentlich zu suchen? Wie es aussieht, macht sich der Wachschutz einen gemütlichen Sonntag.
Na Warte!
Los, ihr Deppen- fangt mich!

Ups, was ist das?
Hehe, du Spast! Zu doof zum Laufen, oder was?

Ich glaube, hier hat jemand sein Frühstück Verloren...

Wow - das sieht aus wie 'ne Pistole!
Mann, die ist aber ganz schön vergammelt!

Furchtbar! Man kann doch nicht die ganze Welt mit Betonklötzen voll stellen! Das sieht ja aus wie früher ...
Ich fass es nicht!

Da beobachtet uns einer!..

Ey, Opa! Was glotzt du so blöd?
Soll ich dir mal die Eier wegschießen?

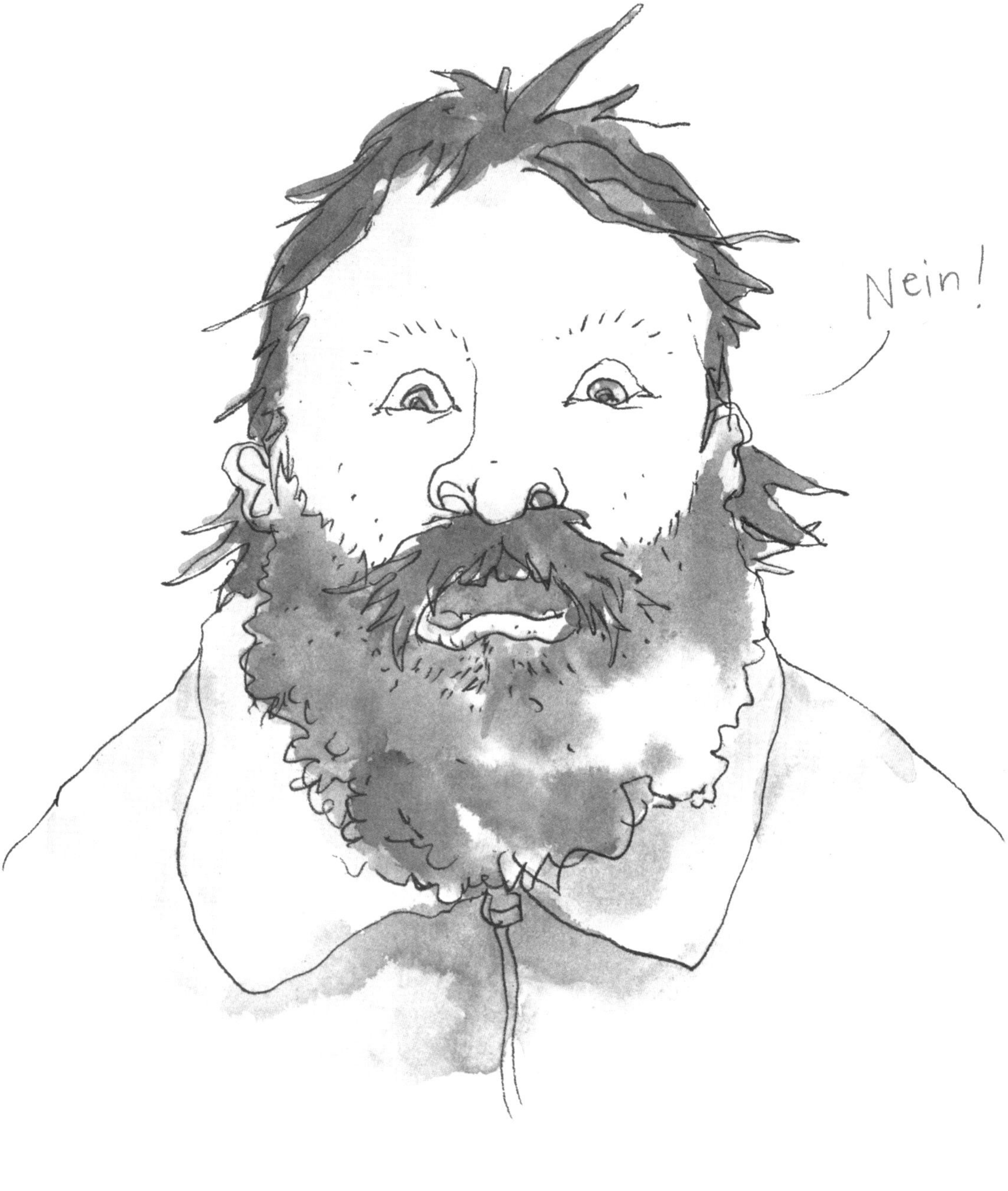
Nein!

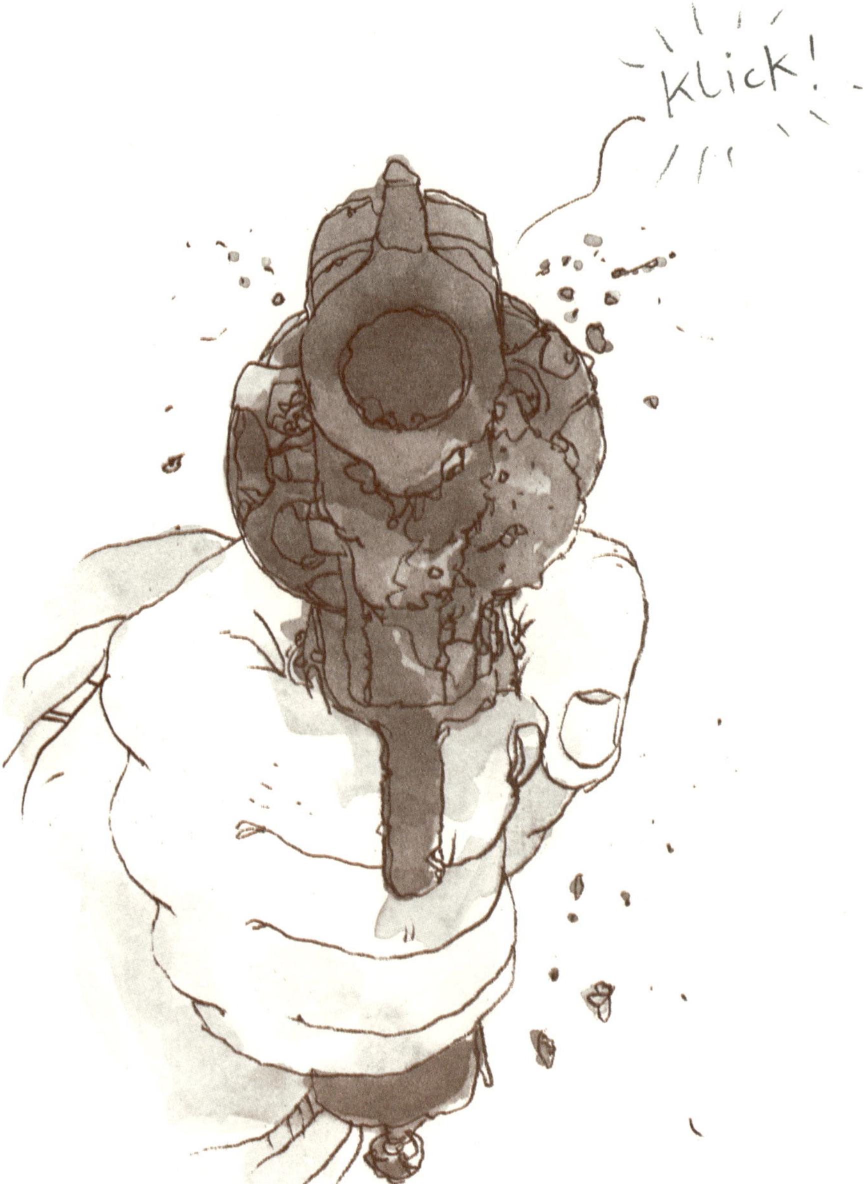
Klick!

Sabine...

...warte auf mich!

Mein Gott, Uwe! Was ist denn mit dir los?
Du bist ja ganz blass!
Sabine, du kannst dir nicht vorstellen, was ich grad....

Jaja, schon gut, Dickerchen!
Ich glaube, diese bescheuerte Baustelle wächst dir über den Kopf.
Wahrscheinlich hast du Recht! Es ist besser, wenn wir jetzt nach Hause gehen.

„Habt ihr gesehen, wie der Alte gezittert hat?"

„Hehe – der dachte wirklich, jetzt ist es vorbei!"

„Was machen wir mit der Pistole?"

„Ach, weg damit! Das blöde Ding geht doch sowieso nicht mehr..."

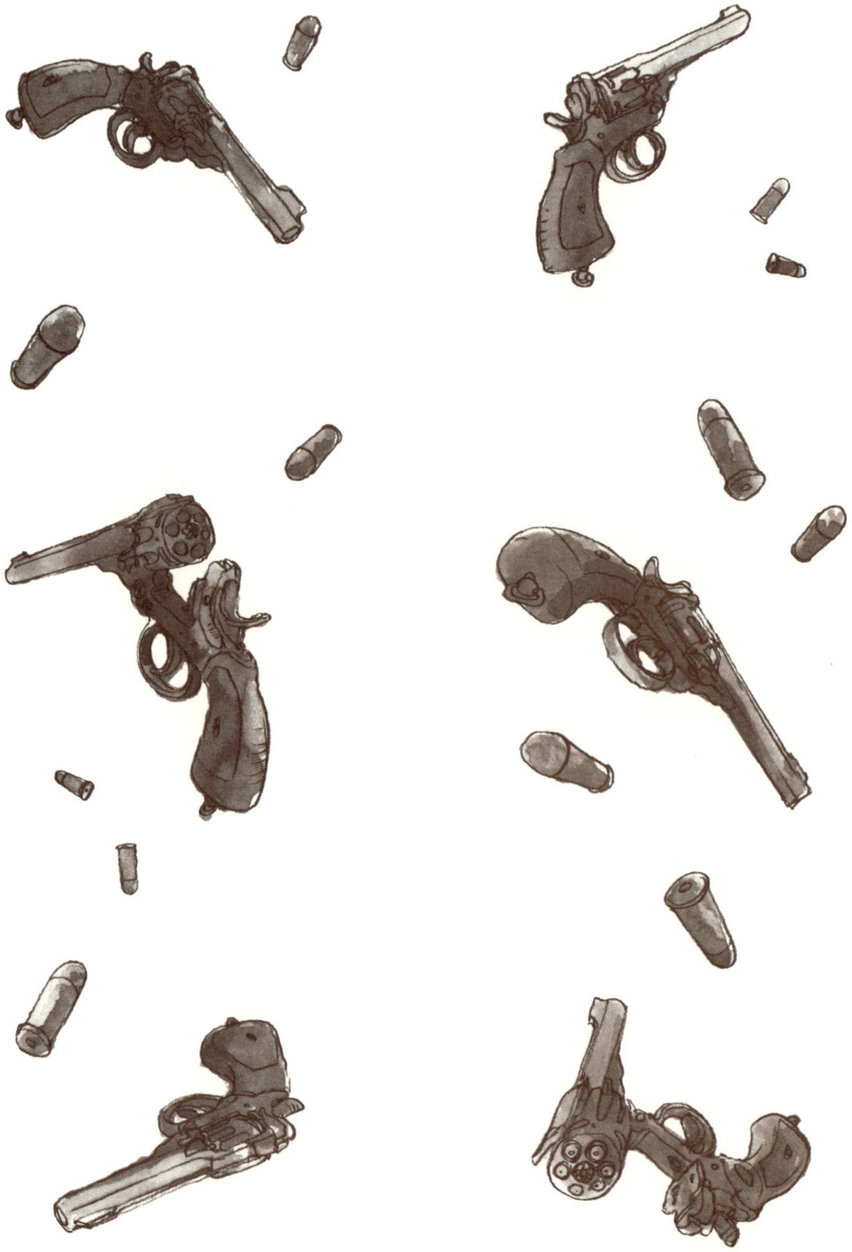

Foto: Mawil

Ulrich Scheel

Ulrich Scheel wurde 1976 im ehemaligen Ostteil Berlins geboren. Er zeichnet seit frühester Kindheit, gelangte zum Comic jedoch über Umwege. Vor dem Zivildienst machte er eine Ausbildung als technischer Assistent in einer TV-Produktionsfirma und arbeitete nebenbei als Fotograf.
Erst während seines Grafikstudiums an der Kunsthochschule Berlin-Weißensee beschäftigte sich Scheel intensiv mit Bildgeschichten. Dabei entwickelte er einen Stil, der sich durch die Verwendung großer Bilder – ohne Panels und Sprechblasen – vom klassischen Comic abhebt.

Viele Menschen glauben, „Die sechs Schüsse von Philadelphia" sei ein autobiografisches Werk. Glücklicherweise ist das nicht der Fall! Vielmehr zeugt es von Scheels Vermögen, lebendige Figuren zu zeichnen und deren Geschichte absolut realistisch zu erzählen. Die Dramatik des Themas unterstützt der Zeichner mit seinem typischen sarkastischen Humor, der urplötzlich von Sympathie in Entsetzen umschlagen kann.
Das Gewicht eines Revolvers, sein Rückschlag während des Schusses und natürlich die damit verbundene tödliche Macht – all diese Eindrücke hat Scheel, der offenbar selbst nicht ganz frei ist von einer gewissen Faszination, ausführlich recherchiert und in dieses Buch einfließen lassen.

Folgende Bücher von Ulrich Scheel sind bisher erschienen: *Influenza* (2004), *Mon bel appartement* (2006) und *Les six coups de Philadelphia* (die französische Ausgabe dieses Buchs, 2007) - alle bei Éditions FLBLB, Frankreich.

Kollektion Levitation

Bd. 1: Die kleine Welt des Golem
Joann Sfar

Bd. 2: Pascin
Joann Sfar

Bd. 3: Klezmer 1 – die Eroberung des Ostens
Joann Sfar

Bd. 4: 5 Songs
Gipi

Bd. 5: Die sechs Schüsse von Philadelphia
Ulrich Scheel

Bd. 6: Klezmer 2 – Alles Gute zum Geburtstag, Scylla!
Joann Sfar
(in Vorbereitung)

Infos und Mailorder:
www.avant-verlag.de